ÉLÉGIES

d'une

OCTOGÉNAIRE,

SUR LA MORT

de sa Petite-Fille;

SUIVIES

De l'Apothéose de l'Iton, de Poésies diverses, de Souvenirs
sur l'Impératrice JOSÉPHINE, la Cour de Navarre,
et sur plusieurs Personnes distinguées.

ORNÉS DU PORTRAIT DE L'AUTEUR ET DE CELUI
DE SA PETITE-FILLE.

Par M.me J. D. L. V.e Courtin.

Ho sentito, ho scripto:
Mon,.

———— ⋙※⋘ ————

VERSAILLES,

IMPRIMERIE DE G.-C. VITRY,
rue de la Paroisse, n.º 21.

1830.

ÉLÉGIES

d'une

OCTOGÉNAIRE.

SE TROUVE:

A VERSAILLES, chez LARCHER, Libraire, rue
des Réservoirs, n.º 16.

A PARIS, chez A. EYMERY, FRUGER et Comp.ᶜ,
Libraires, rue Mazarine, n.º 3o.

A ÉVREUX, chez LALONDE, Libraire, Grande Rue.

Et la grâce plus belle encor que la beauté, (1)
N'a jamais égalé sa touchante bonté.

(1) Lafontaine.

Lith.ᵉ de Renou.

Aux Mânes d'Herminie.

LE chagrin a flétri cette timide fleur;
De son teint délicat fuient les roses vermeilles.
Rien, hélas! ne pouvait ranimer sa langueur:
La mort seule a mis fin à ses pénibles veilles!

WAVERLEY, tom. 3.

« Ô toi! qu'évoque ma pensée!
« Si de l'heureux séjour de paix
« Tu peux, de mon âme oppressée,
« Contempler les justes regrets ;
« Plains le soutien de ta jeunesse,
« De survivre à tant de malheurs,
« Qui dans sa trop longue vieillesse,
« N'a plus à t'offrir que des pleurs! »

ÉLÉGIES

d'une

OCTOGÉNAIRE,

SUR LA MORT

de sa Petite-Fille;

SUIVIES

De l'Apothéose de l'Iton, de Poésies diverses, de Souvenirs
sur l'Impératrice JOSÉPHINE, la Cour de Navarre,
et sur plusieurs Personnes distinguées.

ORNÉS DU PORTRAIT DE L'AUTEUR ET DE CELUI
DE SA PETITE-FILLE.

Par M.me J. D. J. Ve Courtin.

Ho sentito, ho scripto.
MON.

VERSAILLES,

DE L'IMPRIMERIE DE G.-C. VITRY,
rue de la Paroisse, n.º 21.

1830.

AVIS DE L'ÉDITEUR.

Les Élégies que nous offrons au public ne sont pas, comme tant d'autres, l'ouvrage de l'esprit qui crée des malheurs imaginaires, pour exercer sa sensibilité. Celles-ci ont été inspirées par la douleur profonde d'une mère âgée de plus de 80 ans, qui déplore amèrement la perte prématurée de sa petite-fille, Mademoiselle *Herminie* Courtin (¹). Elle avait dirigé son éducation, et sous ses yeux elle était devenue une femme charmante.

Douée du plus heureux naturel, cette

(¹) M. son père a été, plusieurs années, l'un des premiers Magistrats de la capitale.

jeune personne, qui la chérissait, mettait
tout son bonheur à rendre à sa vieillesse
les soins que celle - ci lui avait prodigués
depuis son enfance. Elles espéraient l'une
et l'autre ne jamais se quitter ; lorsque au
moment où elles s'y attendaient le moins,
elles se trouvèrent séparées pour toujours :
elles sentirent vivement ce coup douloureux, qui influa sur la santé d'un être trop
sensible que le chagrin mit en peu de mois
au tombeau. On peut dire avec vérité que
sa seconde mère ne lui survécut que pour
la pleurer et honorer sa mémoire en manifestant ses éternels regrets.

En lisant ces touchantes Elégies, il est
aisé de se convaincre qu'elles ne sont pas le
premier essai littéraire de l'Auteur. En effet,
cette dame cultive les Muses depuis un grand
nombre d'années ; mais uniquement pour
son plaisir, sans la moindre prétention. Si

ce n'est quelques Chants nationaux qui furent publiés à la fin du dix-huitième siècle, et reçurent du Public un accueil favorable, elle s'était constamment refusée, jusqu'ici, à se mettre en évidence. Dépositaire de ses ouvrages, ce n'est pas sans peine que nous avons obtenu la permission de mettre au jour ses touchantes Elégies, et d'y joindre quelques morceaux d'un genre assez piquant, qui offrent au moins le mérite d'une grande facilité. Nous espérons que le Public nous saura quelque gré de lui révéler un talent qui méritait d'être plus tôt connu. L'Apothéose de l'Iton, dont les eaux forment les îles d'Hébé, de l'Amour, et animent les bosquets du château de Navarre, réellement riche de poésie et de verve, fut un hommage que rendit l'Auteur à l'Impératrice JOSÉPHINE, en même-temps qu'elle célébrait les vertus du digne

Évêque qui occupait alors le siége épiscopal d'Evreux.

Mme Courtin, cédant à l'impulsion de son attachement, de sa reconnaissance pour ce Prélat, qui l'honorait d'une grande bienveillance, s'est permis, comme elle le dit elle-même, *d'esquisser quelques traits de la vie et du caractère de ce nouveau Fénélon.* Heureuse si elle peut faire passer dans l'âme de ses lecteurs la respectueuse vénération dont elle est pénétrée pour la mémoire d'un Prélat si justement regretté. Tout ce qui se rattache au souvenir d'une ville que cette dame a long-temps habitée, qu'elle a quittée à regret, lui inspire toujours le plus vif intérêt. Elle n'a pu voir sans indignation la manière indécente avec laquelle l'auteur des *Mémoires sur l'Impératrice* JOSÉPHINE, *ses contemporains et la cour de Navarre,* s'est permis de mettre en

scène des personnages que leur caractère et
plus encore leur mérite personnel, devaient
mettre à l'abri de pareilles atteintes. Opposer la vérité à l'erreur, disons même au
mensonge, est un devoir que se sont im-
posé l'estime et l'amitié. En écrivant les No-
tices contenues dans ce recueil, Mme Courtin a pour garant de la plus scrupuleuse
exactitude tout le département où ceux qui
en sont l'objet ont laissé tant d'honorables
souvenirs.

Si, comme le dit Buffon, *le stile est
l'homme même*, qui pourrait refuser à cette
Dame un esprit élevé, une profonde sensibilité jointe à un caractère noble et vrai. On
la jugerait bien mieux encore, s'il était
possible de la déterminer à publier ce qu'elle
a conservé de ses nombreuses Poésies, dans
lesquelles une élégante facilité se trouve
toujours unie à une douce philosophie,

même dans les morceaux en apparence les plus légers.

Quel que soit le jugement du Public sur ces productions, nous sommes persuadés que l'on ne pourra les lire sans envier le bonheur d'une femme qui, à 83 ans, conserve, avec autant d'imagination, de goût que de rectitude d'esprit, cette verve piquante qui distingue ses Poésies.

Cette Dame est du nombre de celles qui, sous tous les rapports, ont le plus honoré leur sexe.

PREMIÈRE ÉLÉGIE.

(Janvier 1827.)

LA DOULEUR.

> Ce n'est qu'en m'abandonnant
> entièrement à ma douleur, que je
> puis la supporter.
>
> Henri ZSCHOKKE.

Ah! s'il est des enfans qu'on pleure avec orgueil (1),
Il en est qu'on voudrait devancer au cercueil :
Ou, s'y précipitant, retrouver sur leur cendre
Le repos que, loin d'eux, on ne doit plus attendre.

(1) Messénienne sur la mort du général Foy, par
Casimir Delavigne.

1

Pour le faible mortel vaincu par le malheur

La vie est un fardeau, la tombe une faveur.

Eh! que peut-il rester à celui qui déplore

Le tourment de survivre à l'être qu'il adore?

Et que me reste-t-il, à moi, qui, sans retour,

Perds l'enfant de mes soins, ravie à mon amour?

A moi qui vois des dieux le plus charmant ouvrage,

Par un destin fatal, disparaître avant l'âge?

A moi qui la voyais, aux jours de son bonheur,

S'embellir sous mes yeux? et, pareille à la fleur

Qui tombe sans appui, bientôt plus languissante,

A vingt ans, on la voit, de regret expirante!

Et je n'ai pu former en ce moment cruel,

Que des vœux impuissans rejetés par le Ciel!

Ah! du moins si j'avais, à son heure dernière,

De ma débile main pu fermer sa paupière!

Si mon oreille encor, seulement une fois,

Eût transmis à mon cœur le doux son de sa voix,

Bénissant le soutien de son heureuse enfance,
Qui fut toujours si cher à sa reconnaissance!
Mais non; loin d'elle, hélas! je n'ai pu recueillir
Ni son dernier baiser, ni son dernier soupir!
Maintenant, ici-bas, mon âme désolée,
Au milieu des humains n'est qu'une ombre exilée,
Qui ne peut désormais trouver quelque douceur
Que dans le souvenir que nourrit sa douleur.

Toi que j'idolâtrais, dont la tendre jeunesse,
Par mille soins touchans caressait ma vieillesse;
Toi sur qui reposait mon trop fragile espoir,
Comment, sans expirer, ne jamais te revoir!
Ah! si des cieux, un jour, franchissant la distance,
Tu pouvais un moment me rendre ta présence;
Si je pouvais encor te presser dans mes bras,
Dussé-je au même instant partager ton trépas,
Oubliant l'univers, mon âme ranimée

Bénirait son destin près de sa bien-aimée.

Dieux !... Serait-ce une erreur? Son cœur répond au mien !

Et la mort, je le sens, n'a pu rompre un lien

Qui joignit mon déclin à sa riante aurore !

Oui, du fond des tombeaux je l'entends dire encore :

« Ma mère, songe à moi sans trop me regretter ;

« Je n'étais plus heureuse ; il fallait te quitter. »

O vaine illusion, illusion si chère,

D'un bonheur fugitif, séduisante chimère,

Que nul pouvoir, hélas ! ne peut réaliser !

Vous qui, de tant de maux devez vous accuser,

Malheureux ! abjurez la passion funeste

Qui nous prive à jamais de cet être céleste !

Par de justes regrets expiez ses malheurs ;

Et, peut-être, le Ciel, voyant couler vos pleurs,

Vous pardonnera-t-il l'indigne tyrannie,

Qui d'un objet charmant empoisonna la vie ;

D'un ange de bonté, qui fut, dès le berceau,
Promise à la douleur qui la met au tombeau.
Pour moi, quand j'ai du sort tari la coupe amère,
Je n'attends que des Dieux la fin de ma misère.

DEUXIÈME ÉLÉGIE.

(Mars 1827.)

LES REGRETS.

Où finit le bonheur, devrait finir la vie.

Ni les nombreux hivers qui pèsent sur ma tête,
Ni les maux que Saturne, ici-bas nous apprête,
Ni l'aveugle déesse, et ses fréquens revers,
Ni l'aspect des cachots, ni la crainte des fers,
Jusqu'ici n'avaient point ébranlé mon courage.

Mon vaisseau cependant fut bien près du naufrage,
Quand, bravant les dangers en ma captivité,

J'osai sous les verroux chanter la liberté (1).

Je me voyais déjà sous la hache du crime ;

Mais le destin alors épargna sa victime,

Pour la livrer sans doute à de plus grands malheurs,

Et voir ses derniers jours s'éteindre dans les pleurs.

Qu'ils sont cruels les Dieux témoins de ma détresse,

Qui prolongent les jours de ma triste vieillesse,

Alors que sans pitié rejetant tous mes vœux,

Ils me font regretter ce temps si désastreux,

Où chaque jour voyait ma tête menacée

Par le glaive sanglant d'une horde insensée :

Ce temps, où, résignée à mon funeste sort,

Je n'avais pour moi seule à craindre que la mort.

(1) En 1794, l'auteur, étant en arrestation, fit une hymne à la liberté, qui fut connue alors, et dont quelques fragmens se trouvent à la fin de cette Elégie.

Mais comment vivre et voir l'aveugle frénésie,

Outrager l'innocence, et dans sa barbarie

L'arracher de mes bras, malgré son désespoir,

Et de l'ingratitude oser faire un devoir!

O cher et digne objet de toute ma tendresse!

Les charmes, les vertus qui paraient ta jeunesse,

Qui semblaient te promettre un si doux avenir,

De l'excès du malheur n'ont pu te garantir.

Ah! combien j'ai gémi sur l'indigne influence

Qui sut anéantir ta plus chère espérance,

Qui causa tant de maux, fit couler tant de pleurs,

Et jeta sur nos jours un voile de douleurs!

Sans doute il fut affreux le temps que je déplore,

Et malgré ses rigueurs, je le regrette encore:

Oui, je regrette ici jusqu'aux emportemens

Qui nous ont séparés au mépris des sermens.

Je pouvais te revoir, du moins j'étais aimée,
Et maintenant, hélas! dans le vide abîmée,
Mon âme qui repousse, espoir, vœux superflus,
Répète en frémissant, *Tu ne la verras plus!*

En ce moment fatal, où le Ciel inflexible
Porte à mes derniers jours le coup le plus terrible ;
Où pour moi le trépas serait une faveur,
Sans crainte, sans désir, invoquant la douleur,
Livrée au souvenir de l'objet qui m'inspire,
A d'éternels regrets je consacre ma lyre.
Ma lyre qui chantait les grâces, la beauté,
Qui célébra les jours de ma félicité;
Ma lyre désormais, au milieu des ténèbres,
Ne troublera l'écho que par des sons funèbres;
Et quand la tombe enfin, pour moi devra s'ouvrir,
Mes regrets se joindront à mon dernier soupir.

HYMNE A LA LIBERTÉ.

FRAGMENS.

O toi, fille du Ciel, liberté qui m'inspire,
De ton chantre immortel (1) prête-moi les accens;
Qu'une fois, en mes mains, sa redoutable lyre
Devienne la terreur de nos lâches tyrans !

. . . .

Rien ne peut te ravir au mortel magnanime !
Le juste est libre aux fers, il l'est dans les cachots;

(1) Lebrun.

Et lorsque du méchant il devient la victime,
Il te retrouve encor dans le sein du repos.

.   .   .   .

Mais, quand de nos guerriers, volant à la victoire,
Le succès, en tous lieux, couronne les exploits,
Quel est ce vil brigand, ennemi de la gloire,
Qui, pour nous asservir, ose usurper nos droits?

Comme un torrent fougueux, qui du sein des montagnes,
S'échappe en mugissant, et roule avec fracas;
Cet horrible fleau dévastant nos campagnes,
Partout dans sa fureur, épouvante nos pas.

Tu vois, ô Liberté! la barbare licence,
Elle a su dérober et ton nom et tes traits;
Il en est temps enfin, protége l'innocence,
Oppose ton égide à tant de noirs forfaits.

Écrase, anéantis ces tigres sanguinaires,

Altérés de carnage, abreuvés de nos pleurs;

Que foudroyés par toi jusque dans leurs repaires,

Il n'en échappe aucun à nos désirs vengeurs!

.   .   .   .   ▸   .

Mais déjà c'en est fait .   .   .   .

.   •   .   .   .   .

TROISIÈME ÉLÉGIE.

(Avril 1827.)

LES SOUVENIRS.

Pour les infortunés il n'est point de beaux jours.

LE fougueux aquilon a fait place aux zéphirs ;
De la tendre colombe on entend les soupirs :
Déjà le Dieu du jour, dans sa brillante course,
Fait jaillir tous ses feux jusqu'aux glaces de l'ourse.
Le printemps apparaît, et, couronné de fleurs,
Déjà fait oublier l'hiver et ses rigueurs.
Tout renaît, tout s'anime, et jamais la nature
N'offrit à ses amans de plus riche parure.

2

Contemplez son éclat, vous mortels fortunés!
Jouissez de ses dons à vous seuls destinés.

Naguère aussi pour moi le printemps eut des charmes :
J'étais encor heureuse; et mes jours, sans alarmes,
Coulaient rapidement près d'un être enchanteur
Dont la tendre amitié répondait à mon cœur.
Chaque saison alors me semblait ravissante;
Mais, ô destin cruel! cette rose charmante,
Qu'on me vit cultiver avec tant de plaisir,
Un insecte la pique, et je la vois périr!
Mon bonheur tout entier disparaît avec elle;
Et quand mon cœur la suit dans la nuit éternelle,
Que m'importe ici-bas, le courroux des autans,
Les glaces de l'hiver, le retour du printemps.
Un seul objet, hélas! m'attachait à la vie;
A ma félicité les Dieux portaient envie :
Je le perds, et mes yeux obscurcis par les pleurs,

Ne voient plus de Ciel pur, ne cherchent plus de fleurs.

Un souvenir profond est tout ce qui me reste ;

Dût-il, en m'égarant, me devenir funeste ;

Ce souvenir, du moins, adoucira mes maux

Jusqu'à l'instant fatal d'un éternel repos.

Unique et doux soutien de mon triste voyage,

Seule ancre de salut dans mon affreux naufrage,

Relève, s'il se peut, mes esprits abattus ;

Retrace-moi les traits de celle qui n'est plus !

Que dis-je ? qui n'est plus... Ah ! je sens sa présence,

Et je la vois encor, aux jours de son enfance,

Lorsque ma faible main guidait ses premiers pas,

Chanceler près de moi, retomber dans mes bras.

Je la vois au milieu d'une troupe riante,

Partager de ses jeux l'activité bruyante.

O fortunés enfans, espoir de l'avenir,

De cet être si cher, gardez le souvenir !

Aimable Élise (¹), et toi, toi sa première amie,

Dont la douce candeur était en harmonie

Avec ce cœur si pur et si digne du tien :

Combien je me plaisais à serrer ce lien ;

A vous voir l'une et l'autre à l'amitié fidèle,

Pour la seule vertu rivaliser de zèle.

Ah ! tu l'aimes encor, cet ange de bonté !

Tout me révèle en toi ta sensibilité,

Quand tu viens essuyer les larmes de sa mère,

Quand tu viens partager sa peine trop amère.

Cet ange t'a légué sa tendresse pour moi ;

Fais que je puisse encor la retrouver en toi !

Au comble du malheur, des miens abandonnée,

Viens m'aider à lutter contre ma destinée ;

Et quand mon cœur s'épuise en regrets superflus,

Redis-moi, chère Élise : « *Elle ne souffre plus !* »

(1) Elise B....ers, aujourd'hui madame De. .sy.

QUATRIÈME ÉLÉGIE.

(Mai 1827.)

L'ESPOIR.

« Nous nous retrouverons dans un
« meilleur monde, où nous pour-
« rons nous aimer sans être persé-
« cutées. (1) ».

Seule avec ma douleur au milieu de la nuit,

J'appellerais en vain le sommeil qui me fuit;

C'est là qu'avec transport je retrouve ma lyre,

C'est là que, toute entière à mon triste délire,

Soudain s'ouvre à ma voix l'azile des tombeaux,

Cet azile sacré d'un éternel repos.

(1) Dernières paroles que cette femme angélique adressa
à sa bonne mère, peu de jours avant sa mort.

Une ombre m'apparait, une ombre radieuse,

Qui franchit sans regret une vie orageuse,

Oui, je la reconnais au douloureux plaisir

Que j'éprouve en voyant tous mes vœux s'accomplir.

Qu'il m'est doux de songer que cette âme si belle,

En laissant ici-bas sa dépouille mortelle,

Errante près de moi, peut lire dans mon cœur,

Mon amour, mes regrets, et surtout ma douleur.

Ah! ne me quitte plus, chère ombre que j'implore,

Ange consolateur, viens me redire encore :

« O mère bien aimée, un heureux avenir

« Dans un monde meilleur saura nous réunir;

« Dans ce séjour de paix, où, sans inquiétude,

» Aimer, toujours aimer, est la béatitude. »

Faites, faites grands Dieux, que ce sublime espoir,

S'emparant de mon cœur, l'arrache au désespoir!

CINQUIÈME ÉLÉGIE.

(Juin 1827.)

L'OUBLI.

Ah! qui la vit naguère en ces lieux opprimée,
Et voudrait l'oublier, ne l'a jamais aimée.

Qui me parle d'oubli, quand mon âme affaissée
N'a plus qu'un sentiment, n'a plus qu'une pensée?
L'oubli, ce mot magique a-t-il donc le pouvoir
De rendre le bonheur à qui n'a plus d'espoir?

Et peut-il, écartant jusqu'à l'inquiétude,

Repeupler de mon cœur l'affreuse solitude ?

Non, l'oubli sans effet sur ce cœur éperdu

Ne lui rendra jamais le bien qu'il a perdu.

En vain on le voudrait, pour consoler ma vie,

De mon âme, exiler l'image d'Herminie ;

L'image d'une enfant qui vécut pour souffrir,

Faire aimer la vertu, nous apprendre à mourir.

Et de ses tristes jours je perdrais la mémoire,

Et je pourrais chercher un bonheur illusoire

Dans l'oubli d'un objet en qui l'adversité

Révéla d'un grand cœur la magnanimité ;

Moi, jamais l'oublier ! cette douce victime,

A qui l'on n'imputa d'autre tort, d'autre crime

Que d'honorer l'appui de ses plus faibles ans,

Et de manifester ses vœux reconnaissans

Pour le guide chéri qui sut avec tendresse

Former à la vertu son heureuse jeunesse !

Ce prix de tant de soins excita le courroux

De l'égoïsme ingrat, orgueilleux et jaloux.

Et bientôt sous le joug, on vit l'infortunée

Subir en gémissant sa triste destinée.

Quel cœur assez barbare a pu voir sans pitié

Ce martyre touchant de la tendre amitié,

Oublier tant de maux pour songer à sa mère

Qui, chaque jour, hélas! lui devenait plus chère?

O sentiment sublime, inspiré par les Dieux!

Sentiment si puissant sur un cœur généreux,

Amour pur et sacré, lien indestructible,

Que ne connût jamais le mortel insensible,

Faut-il, en confondant nos âmes, nos destins,

Que ton charme ait sur nous versé tant de chagrins.

Encor, si le malheur eût désarmé l'envie,

Le profond souvenir inhérent à ma vie

Aurait à mes regrets mêlé quelque douceur!

Mais non, je dois du sort épuiser la rigueur,

Et lorsque ma vieillesse au désespoir livrée,

De son unique appui se trouve séparée,

Que la tombe engloutit jusqu'à mon avenir,

La rejoindre bientôt est mon dernier désir.

SIXIÈME ÉLÉGIE.

(28 juillet 1827.)

LA FÊTE SUPPRIMÉE.

Pourquoi ces fleurs qu'ici chacun apprête,
Ces ornemens que je vois déplier?
Il m'en souvient, ce jour était ma fête :
Ah! par pitié, laissez-moi l'oublier.
Je les aimai ces fleurs, quand la main caressante
D'un enfant adoré pouvait me les offrir.

Je les aimai, quand cette main charmante
D'héliotrope (1), et de rose odorante,
A pareil jour, s'empressait d'embellir
Notre paisible et modeste retraite,
Du vrai bonheur image si parfaite.

Que sont-ils devenus ces fortunés instans,
   Où la beauté, dans son printemps,
   Charmait mon heureuse vieillesse,
Et prêtait un soutien à mes pas chancelans?
Ah! ne parlez jamais de fêtes, d'allégresse,
A ce cœur malheureux qui ne vous entend plus.
   Ces fleurs redoublent ma tristesse;
   Et tous vos vœux sont superflus.

(1) Herminie avait consacré l'héliotrope à sa bonne
mère, parce que, disait-elle : « Ainsi que cette fleur, je
« cherche la lumière. »

Laissez-moi végéter dans cette solitude,

A l'abri de l'envie et de l'ingratitude :

Laissez-moi déplorer le sort qui me poursuit,

Et regretter, en paix, le bonheur qui me fuit.

Quand, sur les nombreux jours qui composent l'année,

Une heure m'est, par vous, à peine destinée,

Je vous remets ce triste et fastueux devoir,

Qui d'un cœur affligé ne peut remplir l'espoir,

Après tant de malheurs, quand la Parque intraitable

Retranche des humains un être incomparable ;

Si le temps a tari la source de vos pleurs,

Respectez mes regrets et mes justes douleurs.

3

SEPTIÈME ÉLÉGIE.

(Octobre 1827.)

L'ABANDON.

Malheur à qui les Dieux accordent de longs jours,
Quand un destin fatal empoisonne leur cours.

SAINT-LAMBERT.

Que de jours écoulés, depuis ce jour affreux
Qui vit tant de beauté disparaître à nos yeux !
Le temps qui détruit tout, le temps qui dans sa course
Semble aux infortunés laisser quelque ressource,
Pour moi seule ici-bas éternise les maux
Et m'enlève, en fuyant, les douceurs du repos.

Non, à mes vains regrets rien ne peut me soustraire ;
Les ombres de la nuit, l'astre qui nous éclaire,
Naguère, dans ces lieux témoins de mon bonheur,
Le seront à jamais de ma vive douleur.

Dans la nuit du tombeau que ne t'ai-je suivie
Toi pour qui je vivais, ô trop chère Herminie !
Idole de mon cœur, appui de mes vieux jours,
Dont ta douce tendresse embellissait le cours ;
Alors unique objet de ta sollicitude,
Je n'appréhendais point de la décrépitude
Les ennuis douloureux, l'isolement cruel,
Dès le berceau promis à tout faible mortel
Dont le courroux des Dieux prolonge la carrière :
Maintenant et toujours jusqu'à l'heure dernière,
Sur mon front affligé je vois se réunir
Tous les maux que prépare un funeste avenir.
Il est moins malheureux sur les rives lointaines,

Le proscrit opprimé par des lois inhumaines,

Lorsqu'errant, solitaire, au milieu des déserts,

Le doux espoir vient mettre un terme à ses revers ;

Tandis que pour jamais, à mon âme flétrie,

La mort ravit l'objet de tant d'idolâtrie.

Ce mot affreux, jamais ! ce mot désespérant,

Qui, joint au souvenir, le rend si déchirant ;

Ce mot qui retentit au fond de ma pensée,

Me dit à chaque instant : *Te voilà délaissée.*

Ah ! qui n'a point connu dans toute sa rigueur,

L'odieux abandon, l'isolement du cœur,

Ignore encor l'excès des misères humaines,

Et peut dire il n'est point d'insupportables peines.

Mais celui qui vit seul, seul au milieu de tous,

Accablé sous le poids du destin en courroux ;

Qui se trouve réduit dans une étroite enceinte,

A n'avoir que le Ciel pour témoin de sa plainte ;

Qui ne peut contempler de ce vaste univers,

Qu'un nuage léger suspendu dans les airs ;

Et qui, las de lutter contre sa destinée,

Voit toujours à regret recommencer l'année :

Celui-là, seul, comprend le malheur de vieillir,

Et le malheur plus grand de ne pouvoir finir.

L'auteur, retenue par ses infirmités dans un local masqué par des bâtimens élevés, n'aperçoit pas même le soleil dans les plus beaux jours de l'année.

3 *

HUITIÈME ÉLÉGIE.

(Décembre 1827.)

LE TOMBEAU.

Fecit indignatio versum.
HORACE.

TANDIS qu'ici l'orgueil élève un monument
A l'être dépravé de honteuse mémoire,
Que, par le vain éclat d'un hommage illusoire,
Il croit nous dérober son avilissement;
D'un ange de bonté, la dépouille mortelle,
Sans aucun ornement, déposée à l'écart,

Dans la paisible enceinte où la mort la recèle,

Par sa simplicité, semble fuir le regard.

Ainsi, cette beauté, gloire de sa famille,

A pour temple l'oubli dans son dernier azile.

Nul signe de regret n'honore son tombeau ;

Son nom à peine inscrit par un faible ciseau,

De tout ce qu'elle fut est tout ce qui nous reste.

Près d'elle on n'aperçoit, en ce séjour funeste,

Ni symbole touchant de ses douces vertus,

Ni de tant de talens les nobles attributs ;

Souvenirs précieux d'une vie honorable,

Toujours pour les humains, leçon si mémorable !

Rien ne parlera d'elle à la postérité,

Le trépas seul la voue à l'immortalité.

Eh ! qu'importe ici-bas à ses cendres éteintes,

D'un injuste courroux les coupables atteintes ?

Quand cet amour sacré, source de nos douleurs,

A ses mânes heureux ne coûtent plus de pleurs ;

Ah ! quand l'ingratitude ici les abandonne,
Ma défaillante main leur offre une couronne,
Et ma muse fidèle, au moment d'expirer,
Se ranimant encor, seule vient honorer
De cet ange de paix la tombe délaissée,
Et ravir à l'oubli sa mémoire offensée.

ÉPITAPHE.

Tant de beauté, de grâces, de vertus,
N'ont pu toucher le destin inflexible.
Que nos regrets, en ce moment terrible,
Se calment en songeant qu'elle ne souffre plus.

NEUV.ᴹᴱ ET DERNIÈRE ÉLÉGIE.

(3 décembre 1828.)

L'ANNIVERSAIRE.

De l'habitant des airs la vive mélodie,
Ne donne plus l'éveil à la terre engourdie.

Aux charmes du printemps, aux ardeurs de l'été,
A peine ont succédé les trésors de l'automne,
Que déjà de l'hiver, la piquante âpreté
De ses épais frimas, ici nous environne ;
La nuit, qui se prolonge, avançant son retour,
Menace d'envahir le domaine du jour ;

Et des vents mutinés le rapide passage
En légers tourbillons fait voler le feuillage.
Le paisible ruisseau fuyant, murmure encor ;
Mais bientôt à l'aspect des fils glacés du nord,
Nous cesserons de voir sa surface argentée
Réfléchir les contours d'une rive attristée :
Plus de fleurs, de verdure ; et la nature, en deuil,
Semble se reposer sous un vaste linceuil.

Ce spectacle affligeant, après tant d'intervalle,
Rappelle à ma douleur cette époque fatale
Où l'inflexible mort, en ce jour solennel,
Vint déposer un ange au pied de l'éternel ;
Ce jour, que pour moi seule ici-bas je déplore,
De sa félicité qui vit naître l'aurore,
Ce jour vient accuser de coupables regrets
Quand un objet si cher a recouvré la paix.
Son trépas, je le sens, dans ma douleur amère,

Fut un bienfait du Ciel, touché de sa misère,
Qui, venant l'arracher au plus triste avenir,
Lui rendit le bonheur à son dernier soupir.

Que ferait parmi nous cette âme noble et pure,
Cette âme qui, sortant des mains de la nature,
Sans force pour lutter contre l'adversité,
Languissait sous le joug de la fatalité?
Nul plaisir ne pouvait sourire à sa jeunesse,
Ni ranimer des jours voués à la tristesse,
Alors que le destin pour elle sans pitié,
La ravit aux douceurs de la tendre amitié :
Ah ! si trompant encor sa dernière espérance,
La tombe eût englouti l'appui de son enfance !
Survivre à ce qu'on aime est un supplice affreux !
Elle échappa du moins à ce coup douloureux.
Et j'ai pu murmurer contre la voix céleste
Qui l'enlevait si jeune à ce séjour funeste !

Et j'ai pu désirer que, prolongeant ses maux.
La Parque eût éloigné l'instant de son repos!
Pardonne, ô chère enfant, de regretter les charmes
De ces momens heureux suivis de tant de larmes!
Désormais réprimant l'excès de sa douleur,
Ta mère, en soupirant, se résigne au malheur.

Au moins fassent les Dieux, lorsqu'elle est délaissée,
Que tu vives toujours au fond de sa pensée:
Là, son cœur élevant un temple à tes vertus,
Sans jamais t'oublier, ne s'affligera plus.

Mᵐᵉ S.D.L. Vᵛᵉ Courtin,

Née en 1747 ·

Lith. de Rouen

APOTHÉOSE DE L'ITON (a),

RIVIÈRE DU DÉPARTEMENT DE L'EURE.

A L'IMPÉRATRICE JOSÉPHINE,

LORS DE SON SÉJOUR A NAVARRE, EN 1811.

DES destins fortunés de vos urnes antiques,
Cessez, fils de Thétis, de vous enorgueillir :

(a) Ce morceau de poésie ne fut pas mis au jour, parce qu'alors il était interdit d'imprimer le nom de l'Impératrice JOSÉPHINE, ni rien qui eût rapport à elle ni à sa cour.

Le Dieu des mers appelle, en ses vastes portiques,
Un fleuve plus heureux qui va les embellir.

On le connaît bientôt à cette onde limpide,
Qui tout-à-coup s'élance et roule au sein des fleurs (1);
A sa marche tantôt incertaine ou rapide,
A l'aspect séduisant de ses bords enchanteurs.

O vous, qui du Pénée (2) avez vu les rivages,
Et ce riant vallon, séjour aimé des Dieux:
Qui de Saturne avez déploré les ravages,
Arrêtez : et Tempé, va renaître à vos yeux.

C'est là que de l'Iton les Naïades bruyantes
Foulent, d'un pied léger, de flexibles roseaux;
C'est là qu'un riche essaim de beautés plus charmantes
Agite, en folâtrant, la surface des eaux.

(a) Mesdemoiselles de Castellane et de Makau.

Tu souris à leurs jeux, Déité favorable (3) :
Et ce regard céleste, où se peint ta bonté,
Encourage l'essor d'une jeunesse aimable
Qui te doit ses vertus et sa félicité.

Sous le Ciel ravissant, en merveilles fertile,
Qui vit d'Alcinoüs les jardins si vantés,
Rien n'égala jamais le pur et doux azile
Où coulent de l'Iton les ruisseaux argentés.

Il échappe, à regret, à ses Nymphes sensibles,
Et vers les flots amers accélère son cours.
Ainsi de l'Hélicon les retraites paisibles
Voyaient fuir le Permesse (4), après de longs détours.

Mais déjà les accens de la double trompette (5),
Du fleuve, ont devancé les glorieux destins :

Partout on les entend; et partout on répette
Qu'en secret il aspire à des honneurs divins.

Ce cri, qui retentit jusqu'aux grottes profondes,
Enlève aux habitans les douceurs du repos.
Le Simoïs (6), jaloux, précipite ses ondes,
Et roule, en mugissant, le Xante loin des flots.

Du Scamandre (7) indigné l'urne est abandonnée;
Il brise les roseaux témoins de ses amours.
Le Pactole (8) orgueilleux, fier de sa destinée,
A déjà de son or interrompu le cours.

Toi seul, ô tendre Alphée (9)! insensible aux hommages,
Dédaignes des humains et l'encens et les vœux;
Ton espoir le plus doux, en quittant tes rivages,
Est d'immortaliser Aréthuse et tes feux.

Mais l'altier Eurotas (10), le Thermodon sauvage (11),
Le brave Achéloüs (12), et cent fleuves divers,
Tous blessés, courroucés d'un injuste partage,
Refusent leur tribut à l'Empire des mers.

Sage Nérée (13), en vain, d'une horde rebelle,
Ton art divin a cru prévenir les rumeurs ;
Laisse ces insensés dont l'imprudence appelle
D'un monarque offensé les trop justes rigueurs.

Tremblez, audacieux, au seul nom de Neptune ;
Tremblez, leur dit ce Dieu qu'adore l'univers,
Mon trident irrité, que la plainte importune,
Va bientôt vous ouvrir la route des enfers !

Loin des lieux habités par l'époux d'Amphitrite,
Unis au noir Cocyte (14), au brûlant Phlégéton,

4 *

Trop tard, vous gémirez d'une coupable fuite,
Tandis qu'à mes banquets j'honorerai l'Iton.

Voyez-le s'avancer suivi des Néréides,
Précédé des Tritons ceints de joncs et de fleurs ;
Il a su triompher des vagues homicides,
Et des flots mutinés appaiser les fureurs.

Osez vous comparer à cette onde si pure,
Des crimes d'Ilion, vous, complices fameux (15);
Vous, témoins de forfaits dont frémit la nature ;
Et qui d'Argos encor baignez les murs affreux !

Osez vous rappeler des filles de Tindare
Les coupables amours, les funestes beautés,
Et dites si l'Iton, ignoré du Ténare,
Ainsi que vous, a vu ses bords ensanglantés ?

Fidèles à Thémis, éloignés des orages,
Ces bords, trop peu connus, dont vous êtes jaloux,
Sans mélange, ont offert aux yeux de tous les âges,
Des paisibles vertus le tableau le plus doux.

Dans ces beaux lieux, il est un mortel vénérable [16],
Dont la tendre bonté veille sur ce séjour ;
Favorisé des Dieux, aux humains secourable,
Il en est, à la fois, et l'exemple et l'amour.

Accueillis, cultivés sur ces rives fécondes,
Les arts reconnaissans viennent les embellir :
Par eux, sans doute, un jour, on verra les deux mondes
Envier de l'Iton le brillant avenir.

C'est ainsi qu'il est doux de conquérir la gloire.
Fils de Thétis, enfin, abjurez votre erreur :

Les Dieux ont élevé le temple de mémoire
Pour l'être bienfaisant qui répand le bonheur.

Sur le fleuve, à ces mots, les regards se fixèrent :
Partout, avec transport, son nom fut répété ;
A verser le nectar les Nymphes s'empressèrent,
Et l'Iton, à longs traits, but l'immortalité.

NOTES.

(1) Toutes les eaux de l'Iton, réunies à l'est du château de Navarre, se précipitent et forment une cascade ; et, se divisant dans les jardins de cette belle habitation, en font le principal ornement.

(2) Le Pénée, fleuve de la Thessalie, qui arrose la vallée de Tempé.

(3) L'impératrice Joséphine.

(4) Le Permesse, rivière consacrée à Apollon, qui prend sa source dans l'Hélicon.

(5) Quelques-uns donnent deux trompettes à la Renommée, pour publier le bien et le mal.

(6) Le Simoïs, qui prenait sa source au mont Ida, se jetait dans le Xante.

(7) Le Scamandre, rivière de la Troade, avait des temples et des sacrificateurs.

(8) Le Pactole, fleuve de Phrygie, dont les eaux roulaient de l'or.

(9) Alphée, changé en fleuve par Diane, pour avoir poursuivi Aréthuse, qui fut aussi métamorphosée en fontaine, confond, dit-on, ses eaux avec celles de cette Nymphe.

(10) L'Eurotas, fleuve de Laconie, à qui les Lacédémoniens rendaient des honneurs divins.

(11) Le Thermodon, fleuve de Thrace, célébre par les Amazones qui habitaient ses rives.

(12) Le brave Achéloüs combattit Hercule, fut vaincu, et se précipita dans le fleuve Thoas, qui prit son nom.

(13) Sage Nérée, Dieu marin.

(14) Le Cocyte et le Phlégéton, fleuves des enfers.

(15) Le Xante et le Simoïs, en se débordant, causèrent une inondation dans le dessein de s'opposer à la descente des Grecs, lors de l'enlèvement d'Hélène.

(16) Monseigneur le comte Bourlier, évêque d'Evreux.

PREMIÈRE ÉPITRE.

A MONSEIGN.ᴿ LE COMTE BOURLIER,

ÉVÊQUE D'ÉVREUX,

POUR LE JOUR DE SA FÊTE.

Quand du verbe divin le zélé précurseur
Du haut des cieux daigna protéger votre enfance,
Il fit que de son nom la secrète influence
De mille dons heureux enrichit votre cœur.
Il jugea, ce grand saint, qu'à l'imiter, fidèle,
Vos talens, vos vertus deviendraient le modèle

Du pays fortuné qui vous donna le jour,

Et que ce nom si cher que la grâce révèle,

   Ce nom sacré qu'imposa son amour

   Verrait par vous au céleste séjour,

Croître l'immense éclat de sa gloire immortelle.

De vos destins, seigneur, suivez le vaste cours;

Mais ici-bas du moins, permettez que toujours,

Le sein de nos cités, la voûte de vos temples

     Retentissent de nos accens;

     Et que touchés de vos exemples,

     Des cœurs vrais et reconnaissans

     Offrent au Ciel un pur encens,

     Afin qu'à nos vœux favorable

Il ajourne pour vous ce bonheur inéfable

     Promis à ses dignes enfans,

Et que vous n'obteniez ce bien si désirable

Qu'après avoir encor été chéri cent ans.

AU MÊME.

Au nouvel an, le premier vœu du cœur
Est qu'attendant la céleste couronne,
Le Ciel vous rende ici-bas le bonheur
Dont vous comblez ce qui vous environne.

DEUXIÈME ÉPITRE.

AU CHEVALIER DE ****,

QUI, PARTANT POUR UN VOYAGE DE LONG COURS,
SE REFUSAIT AU PLAISIR DE VOIR SES AMIS, POUR
S'ÉVITER LE CHAGRIN DE LES QUITTER, ET QUI
SE PLAIGNAIT DE L'INTEMPÉRIE DE LA SAISON.

Avec tant d'esprit, de talens,
Doit-on, à la fleur de ses ans,
Cédant à la mélancolie,
Caresser la triste manie
D'empoisonner tous ses plaisirs,

Pour s'épargner quelques soupirs.

Ainsi, de vos regrets redoutant l'influence,

De l'amitié repoussant les douceurs,

Vous anticipez sur l'absence

Et refusez avec constance

De mêler vos pleurs à nos pleurs.

Il n'est point, croyez-moi, de félicité pure ;

En vain on voudrait en douter :

Le Temps sait nous désenchanter.

Si les biens et les maux départis sans mesure,

Pour les pauvres humains, se touchent ici-bas,

N'en accusons que la nature,

Qui plaça le bonheur au-delà du trépas.

Qu'importe à nos destins de l'été les orages,

De la morte saison, les vents et les frimas,

Que le Ciel soit serein ou couvert de nuages,

Ou que les élémens se livrent des combats,

Si, dans l'automne de la vie,

Lorsqu'on voit le sommet des monts

Se couronner d'épais glaçons,

Le cœur se livre à la mélancolie ?

C'est dans l'âge de la folie,

Qu'il est bon de braver la rigueur des saisons,

Et de lutter parfois contre les aquilons :

A cet âge tout bruit n'est pas sans mélodie ;

Ah ! c'est pour lui que la terre engourdie

Paraît avec éclat s'éveiller au printemps ;

Oui, c'est pour lui, pour lui seul qu'en tout temps

Cette variété dont votre cœur murmure,

A des jours nébuleux mêla des jours charmans.

Il faut donc cher F... quand on n'a que vingt ans,

S'attacher à l'espoir que bientôt la verdure

Viendra rendre à nos champs leur antique parure ;

Vous la verrez encor renaître, puis périr,

Avant l'instant fatal où tout doit s'assoupir.

Il n'appartient qu'à la triste vieillesse,

Qui n'a plus à former que d'impuissans désirs,

De regretter de la jeunesse,

Et la saison et les plaisirs.

———————

TROISIÈME ÉPITRE.

LE BOUQUET NÉGLIGÉ.

A MADEMOISELLE LOVELI DE CHAMB....IN.

Hé quoi! charmante Loveli,
Vous avez donc dédaigné ma pensée?
Et cette fleur élégamment placée
   Près du bouton le plus joli,
Par vous se voit tristement délaissée,

Et réduite à périr dans un honteux oubli?

Mon âme, je l'avoue, en est un peu blessée.

Quoi, cet ingénieux bouquet (1)

Qui du sentiment fut le gage,

N'est à vos yeux qu'un vain colifichet,

Et vous en rejetez l'hommage :

Ah! Loveli! je veux qu'il vous coûte un regret.

Sachez, que pour se faire entendre,

Il est un art inconnu parmi nous;

Art enchanteur que l'amant le plus tendre

Créa pour tromper les jaloux.

Des fleurs, des fruits, tout ce que la nature

Avait produit de plus beau, de plus doux,

Assorti, mélangé, forma cette écriture,

Qui d'un Perse ombrageux sut franchir les verroux.

(1) Brodé sur papier.

Cet art, pour vous, je le mis en usage;

Mes fleurs étaient un léger souvenir

 De ce tendre et doux badinage

 Que ma muse vint vous offrir (1).

 La pensée, au bouton unie,

 Aurait dû vous le révéler,

 Et vous défendre d'exiler

 Le don modeste d'une amie.

(1) Allusion aux couplets sur le bouton de rose.

QUATRIÈME ÉPITRE.

AU CHEVALIER DE *****

SUR LES ÉTRENNES.

Avec vous, il est vrai, le plus grave des torts
Serait, et j'en conviens, d'oublier les étrennes,
Quand de votre côté vous faites tant d'efforts,
Pour inventer comment vous m'offrirez les miennes.

    Aussi, d'un cœur reconnaissant
    La grande et principale affaire,

Et des soins le plus important,

Fut de chercher quel cadeau pouvait faire

Celle qui désirait vous plaire ;

Aussi, j'avais couru boutiques, magasins,

Pour trouver bonbons, massepains ;

Mais, ô destin fatal ! ô disgrâce complète !

Pas un marron glacé, pas même une gimblette !

Jugez de ma douleur, enfin j'étais à bout,

Et j'allais quitter la partie,

Quand heureusement tout à coup,

Manifestant nouvelle fantaisie,

De ce rude embarras vous m'avez affranchie ;

Si bien donc aimable F....ois,

Que très-modeste en votre choix,

Quelque peu de papier suffit à votre envie ;

Certes, j'en ai l'ame ravie,

Car aisément j'en puis offrir,

De tous échantillons, c'est à vous de choisir ;

Jetez-les yeux sur cette pacotille,

    Voyez si j'ai su l'assortir,

    Et si pitoyable vétille,

    A vos projets peut convenir?

Mais, oui... pas mal, semble nous dire

    D'un air nonchalant et distrait,

    Cet imperceptible sourire

    Que je pourrais rendre d'un trait.

Allons, moins de réserve, imitez ma franchise;

    Et sans prendre un ton important,

    Qui vous sied mal, quoi qu'on en dise,

    Si l'on vous sert à votre guise,

    Criez : Bravo! je suis content!

    D'ailleurs, ce très-petit présent,

    Vous offre plus d'un avantage;

Ceci, mon cher, n'est point un badinage,

    Il peut vous servir à la fois

Pour noter les aristocrates,

Électriser les démocrates,

Et pulvériser tous les Rois.

De plus, réfléchirez sans doute

Qu'il serait bon, quoi qu'il en coûte,

D'en réserver quelques feuillets

Pour tracer ces jolis billets,

Ces agréables bagatelles,

Qui, chaque matin, chez vos belles

Y sont interprètes fidèles,

De plus d'un amoureux désir.

O fortunés enfans d'un aimable loisir!

Trop discrets confidens de ces flammes légères

Qu'une étincèle allume et qu'un souffle détruit,

Complices innocens de fatales chimères,

Par vous les songes de la nuit

Perçant les ombres du mystère,

Savent peindre au cœur attendri

Des plaisirs qui bientôt se changent en misère.

Mais arrêtons, je n'aurais pas fini,

Si pour vous, du papier je parcourais l'usage;

    Il est, on le sait, infini:

Et sert bien ou sert mal ainsi qu'on le partage;

      Tout mon regret est seulement

      De n'avoir pu facilement

      Vous en procurer davantage;

      Car, tout compté, vérifié,

      A juger d'après l'apparence,

Il en restera peu pour la tendre amitié,

Et moins encor pour la reconnaissance.

CINQUIÈME ÉPITRE.

AU BEAU SEXE.

Sᴇxᴇ charmant, pourquoi vous offenser,
  Si les arbitres du Parnasse,
  Singeant un émule d'Horace (1)
  Prétendent vous en expulser?

  Laissez-les en paix s'exercer
  A gravir la docte colline
  Où croît, dit-on, ce beau laurier

(1) Lé Brun.

Que tous voudraient s'approprier,
Sans songer que souvent il recèle une épine.

Le Pinde, que chacun est jaloux d'habiter,
Admit avec orgueil mille beautés célèbres;
Il retentit encor de ces hymnes funèbres
    Que le cœur aime à répéter.

Qu'importe à l'art des vers, le nom, le sexe et l'âge,
    De qui se voue à son culte sacré;
S'il franchit les écueils, la gloire est le partage
    Du mortel le plus ignoré.

Par les clameurs d'une critique austère,
    Ne vous laissez point alarmer;
    Le Dieu du goût qui vous éclaire
    Saura vous apprendre à charmer.
Et si, joignant l'énergie à la grâce,

De nos Saphos avez suivi la trace ;

Si leur brûlant génie a su vous inspirer ,

    Tel qui sourit de votre audace ,

    Qui vous prédit mainte disgrâce ,

    Toujours prêt à vous censurer ,

    Finira par vous admirer.

ÉPITRE BADINE.

A M. VIENNET.

Docte soutien du vieux classique,
Cédez la palme au romantique,
Dont l'enthousiasme emphatique
Chaque jour fait ici la nique
A cette poésie étique
Qui pour vous est de l'homérique;
En vain dans votre humeur caustique
Invoquez-vous la poétique

6*

De ce rimailleur satirique (1)

Qui suivit la routine antique,

Et cet autre épigrammatique (2)

Dont la muse patriotique

Eût approché du pindarique,

Sans sa rage mythologique.

A d'autres temps, autre rubrique.

Qui court après l'honorifique

Doit s'élever jusqu'au mystique,

Et, se moquant de la critique,

Emboucher la trompe hébraïque,

Pour entonner quelque cantique

Éminemment parabolique.

Croyez-moi, changez de tactique.

A quoi bon la dialectique

(1) Boileau.
(2) Le Brun.

Qui brillait jadis au Portique ;

Et ce fatras académique,

Aujourd'hui puissant narcotique ?

Mieux vaut le noble amphigourique,

Qui bien sert la métaphysique.

Dans vos vers, plus de sel attique,

Plus de grâce anacréontique,

Ni de rêve philosophique,

A tout cagot antipathique ;

Mais, si tenez au genre épique,

Changez du moins la rhétorique.

Vive la ronde sabbatique,

Vrai chef-d'œuvre cabalistique,

Digne du bon temps jésuitique !

Vive aussi la riche chronique,

De ce beau pas d'armes gothique,

Qui passa tout fait héroïque !

Avec ce modèle énergique,

Si respectez ma didactique,

Serez bientôt comme relique,

Honoré d'estime publique;

Surtout si, dans la polémique,

Abjurant le piètre classique,

Vous criez d'un ton dogmatique:

Honneur et gloire au romantique !

LE RETOUR DE MARS

A CYTHÈRE,

A L'OCCASION DU MARIAGE DU GÉNÉRAL B......TE.

Las de régner par la terreur,
Le Dieu qui préside a la guerre,
Voulut enfin rendre à la terre,
Avec la paix, l'amour et le bonheur.
Assez long-temps, dit-il, de mes enfans les armes
Ont épouvanté l'univers ;
La main qui brisa tant de fers
A fait aussi couler des larmes.

Laissons du moins respirer les mortels,

Et de l'humanité, méritons des autels.

Il dit, et tout à coup généreux et sensible,

Le Dieu naguère si terrible,

Qui voit ses fils toucher à l'immortalité,

Ne rêve qu'au bonheur de sa postérité.

Il est vrai que jamais le temple de mémoire

Ne retentit de noms aussi fameux,

Et qu'Apollon, de son char radieux,

N'avait jamais éclairé tant de gloire,

Que n'en offrirent à nos yeux,

Ces favoris de la victoire.

Aussi, laissant et l'Olympe et sa cour,

Et cet attirail formidable,

Qui du Dieu des combats rend l'aspect redoutable,

Mars a volé sur les pas de l'Amour:

« Près de l'enfant, dit-il, je trouverai la mère,

 « Je ne puis être étranger à Cythère ;

 « Dans ces lieux fortunés où je fus à la fois,

 « Et vainqueur et vaincu par mille doux exploits,

 « En faveur de mes fils, j'invoquerai mes droits ;

  « Malgré quelque peu d'inconstance,

  « La belle avec indifférence,

 « Ne verra point l'objet qui sut fixer son choix. »

  En effet, du Dieu qui s'avance

  A peine on reconnaît la voix,

  Que, dans sa tendre impatience,

  Cypris a répété cent fois :

   Quelle est donc l'influence

   Qui rend à ces beaux lieux

   Le plus vaillant des Dieux ?

  Hé quoi ! de sa fière Bellone,

  Mars a-t-il plié les drapeaux ?

Ah ! qu'il vienne au sein du repos,
Et que ma main à l'instant le couronne.

O pouvoir de la volupté !
De l'amant enchanté,
Un mot a resserré la chaîne ;
Aux genoux de sa Reine,
Il court déposer les lauriers
Cueillis par ses jeunes guerriers.

« De mes fils, lui dit-il, vous voyez le partage ;
«Ce prix de leurs travaux est le plus digne hommage
« Qu'on puisse offrir à la beauté.
« Qu'à son tour la beauté leur accorde le gage
« D'une douce félicité.
« Jadis de mes héros, le savoir, la vaillance,
« Eût obtenu pour récompense
« Tous les royaumes à choisir ;
« Mais aujourd'hui que le sceptre ne donne

« Que peu d'espoir d'un brillant avenir,

« Pour ma postérité j'abdique la couronne

   « (A moins pourtant qu'un grand peuple éclairé,

   « Ne nous enlève un guerrier adoré

   « Digne en tout point de monter sur le trône);

   « Les fils de Mars ne doivent conquérir,

   « Que des sujets heureux de les chérir.

   « C'est à vous, belle Cythérée,

   « Vous des mortels et des Dieux adorée,

   « D'unir à vos myrtes charmans,

   « Ces lauriers que le monde admire,

   « Et d'assurer à mes braves enfans,

   « Sur tous les cœurs un éternel empire.

   « Déjà pour l'un d'eux, en ce jour,

   « La gloire a captivé l'amour,

« Et bientôt par mes soins... Ah! reprit la déesse,

« Je sais.... et plus que vous au sort de ce héros,

  « Mon âme en secret s'intéresse ;

« Vénus, ainsi que Mars lui connaît peu d'égaux ;

« Mais, quand pour ce guerrier, d'un brillant hyménée,

  « Vous allumez les célestes flambeaux,

« Laissez-moi de ces nœuds régler la destinée,

  « Et je réponds que la terre étonnée,

  « Du sort de vos heureux époux

« Verra les Dieux et les mortels jaloux.

« D'abord en leur faveur, des Grâces je dispose,

  « De mille Amours leur suite se compose,

« Et la constance unie au charme des désirs,

« Près d'eux saura bientôt fixer tous les plaisirs. »

ADIEUX D'UN GÉNÉRAL

PARTANT POUR PRENDRE LE COMMANDEMENT
DE L'ARMÉE,

A SA JEUNE ÉPOUSE.

Loin de moi ces tristes alarmes
Dont tu veux pénétrer mon cœur;
Un guerrier s'indigne des larmes
Qu'arrache une vaine terreur;
Le nom d'enfant de la patrie,
Ce nom sacré, ce nom si doux,
Je le reçus avec la vie,
Long-temps avant celui d'époux.

Entends-tu sa voix qui m'appelle
Dans la carrière des héros ?
Et tu voudrais qu'un fils rebelle,
Languît au sein d'un vil repos !
Toujours présente à ma mémoire,
Tu ne peux douter de ma foi ;
Après mon pays et la gloire,
Je n'aime rien autant que toi.

Si le bruit éclatant des armes
Fait tressaillir ton jeune cœur,
Songe ma Clari, songe aux charmes
Qu'offre le retour d'un vainqueur.
Bientôt d'un époux la tendresse
Chassant de cruels souvenirs,
Saura dans une douce ivresse
Te préparer nouveaux plaisirs.

LE VOYAGE D'IRPHÉ,

ou

LES AILES ET LE BANDEAU.

A MES PETITES-FILLES (1).

Vous le voulez, mes chers enfans,
Soit, et volontiers je consens
A rechercher dans ma mémoire
Quelque conte, ou bien quelqu'histoire,

---

(1) L'une d'elles, très-jeune encore, voyant un tableau
qui représentait l'Amour, ne saisissant pas l'allégorie,
trouvait le costume, surtout le bandeau, très-ridicule.

7*

Dont les détails intéressans

Puissent charmer mon gentil auditoire;

Les revenans et les voleurs

N'entreront point dans ma chronique;

Mais des lutins, des enchanteurs,

Dont il est bon de savoir la rubrique,

Je vous redirai les noirceurs.

Le plus malin de tous, mes belles,

Est un enfant, à l'air doux, ingénu,

Qui chaque jour fait cent dupes nouvelles

Quoiqu'en tous lieux de tous il soit connu.

On le craint, et pourtant loin de fuir sa présence,

On cède à son puissant attrait,

Sans songer que de l'imprudence

Naquit ici-bas le regret.

Parmi les erreurs du bel âge

Dont je veux vous entretenir,

On peut compter certain voyage

Entrepris sans trop réfléchir.

Par ce nouvel itinéraire,

Aisément pourrez pressentir,

Que fille indiscrète et légère,

Qui ne craint pas de s'affranchir

Des lois d'une pudeur austère,

A quelques risques à courir

En poursuivant une chimère.

Dans un de ces jours ravissans

Où l'on voyait fumer l'encens

   Sur les autels de Gnide,

La jeune Irphé seule et sans guide

Parcourait ce pays charmant,

Où tout annonçait l'enjouement

Et promettait le sentiment.

Là, tandis qu'un essaim folâtre

S'abandonnait en liberté

A sa pétulante gaîté,

Mille beautés que le cœur idolâtre,

Dans ce séjour de volupté

Poursuivaient la félicité.

Irphé, qui voulait tout connaître

Errait de bosquets en bosquets,

Et chaque pas semblait accroître

De son esprit les désirs inquiets,

Quand tout à coup dans un lieu solitaire,

Loin des regards du prophane vulgaire,

Son œil découvre un portique élégant.

Ah ! bon, dit-elle, en y courant,

Ceci doit être un édifice

Au Dieu des plaisirs consacré.

Essayons de rendre propice

La divinité protectrice

De cet azile révéré.

Séduite ainsi par l'apparence,

La belle indiscrète s'élance

Vers le mystérieux séjour,

Croyant y rencontrer l'Amour.

Qui fut surprise et peu joyeuse?

Amis, ce fut la voyageuse,

Lorsque, soulevant un rideau,

Elle n'aperçut qu'un tableau.

La ressemblance était frappante,

Et prouvait qu'une main savante

Avait dirigé le pinceau;

Mais enfin, c'était un tableau.

Espoir trompé chez une femme,

Laissa toujours un peu d'humeur.

Et, malgré ses grâces, la dame

Ne put dominer son aigreur.

Hé bien, Messieurs, nous disait-elle,

Voyons cet ouvrage parfait.

L'original était loin d'elle,

Or, devez penser que la belle

S'embarrassait peu d'un portrait.

Aussi, l'expression piquante

　　D'une tête charmante,

Un souris fin, de blonds cheveux,

D'Irphé frappèrent moins les yeux,

Que le costume et la parure

De cet enfant malicieux.

　« A quoi bon cette étrange armure,

　« Dit-elle, indiquant le carquois?

« Quel attirail pour si joli minois!

« Pourquoi ces traits? Ah! seraient-ce les armes

　« Dont Cupidon atteint les cœurs?

« Plus habiles que lui, vous le savez, nos charmes

« Sans ce secours sont vos vainqueurs.

« J'aime assez ces aîles brillantes,

« J'en vois au papillon, qui m'en paraît plus beau,

« Si l'ornement n'est pas nouveau

« Il offre au moins des formes élégantes.

« Mais ce bandeau qui lui couvre le front,

« Qui voile sa beauté, lui dérobe la nôtre.

« Oh! vous en conviendrez, c'est pour nous un affront. »

Chaque chose a son temps, répond un bon apôtre :

Chacun sait qu'à seize ans les belles

Voudraient d'Amour écarter le bandeau;

Mais à quarante, Irphé, je vous verrai comme elles

Heureuse alors de trouver un ciseau

Pour lui ravir adroitement les aîles.

LE PEINTRE EXPULSÉ.

L'Amour guidé par la folie,
Sous les traits de femme jolie,
Chez Adolphe entre un beau matin,
On devinait aisément le dessein
De cet enfant si plein de charmes,
Quoiqu'il eût dérobé ses armes
Sous le mouchoir qui lui couvrait le sein.

Tôt ou tard, on le sait, œil fripon se décèle
Et pour habile observateur
Certain mouvement de prunelle
Ne fut jamais signe trompeur.

Adolphe, en ce moment, armé de patience,

Cet Adolphe chéri, qui toujours différait

De laisser finir son portrait

A l'amitié donnait enfin séance.

Quand tout à coup d'un pas précipité

S'élance un lutin qui fait rage,

Et qui d'un saut eut bientôt culbuté

Du peintre stupéfait l'imposant étalage.

C'est bagatelle, dites-vous ;

D'enfant gâté j'aime assez le courroux.

Fort bien ; mais sachez que la belle

Après avoir tout brouillé, saccagé,

Voulait encor donner congé

Au moderne suppôt d'Appelle.

Allez citoyen, disait-elle,

Chacun ici passe à son tour.

Vous voyez, c'est le mien, c'est celui de l'Amour.

　　De votre Adonis je m'empare,

　　Fut-il objet cent fois plus rare

　　Vous attendrez jusqu'au retour.

　　Ravi de si douce aventure,

　　Aux éclats Adolphe riait,

Il fallait voir son maintien, sa figure :

Quel Dieu que le Plaisir ! comme il l'embellissait !

Enfin, le peintre outré de l'espiéglerie

Dit d'un ton brusque et presque déloyal,

　　Parbleu ! Madame, je vous prie,

　　A quoi bon tout ce bacchanal ?

Le sentiment blessé n'entend point raillerie,

Qu'Amour, on y consent, garde l'original,

Mais qu'il nous laisse au moins jouir de la copie.

LE SUPPLICE D'UNE JOLIE FEMME,

ou

LA VANITÉ DÉSAPOINTÉE.

A MADAME DE S.... B....

Un beau jour que Candide à l'ennui se livrait
   Et que son âme anéantie
   De tout ici-bas se lassait;
Elle eut quelque dessein d'abandonner la vie.
   Mais, direz-vous, quel motif peut avoir,
     Femme jeune et jolie

D'habiter le sombre manoir?

Quel motif! eh! qui peut le savoir?

Le beau sexe a parfois plus d'une fantaisie :

    La belle avait peut-être envie

    De franchir le triste Achéron,

    Pour orner la cour de Pluton.

Quoi qu'il en soit, en dépit de ses charmes,

Sans égard pour nos vœux, sans pitié pour nos larmes,

Le sinistre projet est enfin arrêté.

    Aussitôt avec fermeté,

    Candide examine, envisage

Les différens moyens d'abréger le voyage,

    Surtout d'adoucir le passage,

    Car, si l'on peut se résoudre à mourir,

    Nul ici-bas ne se plaît à souffrir.

Aisément vous croirez qu'une main trop timide

Repousse avec effroi le tranchant homicide,

Et qu'un tube enflammé voit reculer d'horreur

   Le front charmant où siége la candeur.

    Aussi l'embarras fut extrême

    D'arracher au sort en courroux

    Joli petit trépas bien doux,

      Si séduisant que même

Parmi les Dieux il fasse des jaloux.

De ce noble dessein vivement tourmentée,

La belle cherche, hésite.... et soudain exaltée

    S'écrie avec transport !

   Ah ! je la vois cette route enchantée

     Qui doit conduire au port

    Mon âme en ces lieux attristée.

Il m'était réservé de ravir à la mort

    Sa forme hideuse et cruelle,

    Et de lui donner sans effort

Tournure agréable et nouvelle.

Allons, et sans perdre un moment

Préparons-nous au sacrifice,

Et sans faiblesse essayons l'instrument

De notre intéressant supplice.

Candide alors, d'un pas délibéré

S'avance vers le doux azile

Par elle aux grâces consacré,

Où naguère une main habile

Avait préparé des atours,

Qu'eût enviés la Reine des Amours.

Là, sans regret elle se débarrasse

De tous ornemens superflus,

Qui de ses projets sont exclus,

Et très-lestement les remplace

Par un doliman plein de grâce,

Mais si léger, si transparent,

Qu'on le croirait facilement

Tissu de l'air qui touche au firmament,

Puis sur un divan élastique,

Que la molesse asiatique

Introduisit dans nos climats,

La belle étend ses membres délicats.

Ainsi posée et demi-nue

L'héroïne, sans être émue,

(Car son courage égalait ses appas)

Appelle un paisible trépas.

Il est vrai que, dans son délire,

Elle espérait qu'un doux martyre

La déposant sur les bords du Léthé,

Respecterait ses grâces, sa beauté.

Cependant, d'un air froid la piquante âpreté,

A qui la dame avait livré passage,

Causait déjà quelque dommage,
Par son étrange activité.

Quand tout à coup, du terrible Borée,
Les noirs suppôts avec fracas
Quittant la rive hyperborée
Soufflent et neiges et frimas.
D'un élégant rideau le trop frêle entourage,
Succombant au premier effort,
Ne peut s'opposer à la rage
De ces fougueux enfans du nord.

Bientôt le réduit solitaire
Des plaisirs discret sanctuaire,
Que les arts avaient embelli
Par les glaçons est envahi.

Tandis que sur son cœur la main du froid s'imprime,
Que faisait la pauvre victime?

Elle attendait paisiblement.

Que dis-je? elle espérait la fin de son tourment.

Déjà, ses yeux, ces yeux si plein de charmes

Soudain par la bise insultés

Sur son beau sein de tous côtés

Laissaient couler de grosses larmes;

Déjà son front décoloré,

Son joli nez défiguré

Attestent les cruels outrages

De l'ennemi de la beauté,

Qui toujours étend ses ravages

Après avoir altéré la santé.

En vain notre héroïque infante

Aurait disputé ses attraits,

Du fléau la marche constante

N'épargnant aucun de ses traits,

Rendit presque méconnaissable

Une figure incomparable.

Candide enfin, qui se sent défaillir,

Voulant au moins qu'un léger souvenir

Des dons que lui fit la nature

La suivît dans sa route obscure,

Se soulève en tremblant sur un bras engourdi,

Qui lui prête à regret un douloureux appui,

Entr'ouvre à peine une paupière humide

Et pénétrant un brouillard homicide,

Son œil éteint jette un dernier regard

Sur l'heureux ouvrage de l'art,

Qui tant de fois réfléchit son image.

Mais, qui peut peindre sa terreur,

Quand, au lieu de ce beau visage

Si cher à plus d'un amateur,

Elle aperçoit un objet plein d'horreur.

Le coup fut vraiment électrique,

Et son effet presque magique

Ranimant ses sens abattus,

Rendit la vie à ses membres perclus.

 Lors plus prompte que l'hirondelle

 Qui vole au devant des zéphirs,

 Notre belle, qui n'est plus belle,

 Abjurant ses trop vains désirs,

S'élance, fuit, et vivement s'écrie :

Grands Dieux ! se voir à ce point enlaidie,

C'est cent fois pis que de perdre la vie !

L'AVEUGLE.

A UN DÉTRACTEUR DES POÉSIES DE LEBRUN, QUI,
LORS DE LEUR PUBLICATION, DEMANDAIT A COR
ET A CRI, QU'ON LUI EN RÉVÉLAT LES BEAUTÉS,
QU'IL N'AVAIT PU APERCEVOIR (1).

Hé! Messieurs, disait, tàtonnant,
Certain docteur à méchante visière,
Où donc est cet astre éclatant,
Qui, dit-on, à pas de géant,
Franchit une immense carrière,

(1) Voir le feuilleton du Journal de l'Empire, en décembre 1811.

Et répand un jour si brillant?

A peine un rayon vacillant

Le décélait à ma paupière,

Que las! ô prodige étonnant!

De mes deux yeux suivant sa route,

J'ai vu... que je n'y voyais goutte.

Cet incroyable événement,

Vous le sentez, me désespère,

Car, enchanté que l'on m'éclaire

J'aurais désiré seulement

Le voir un peu pour le trouver charmant.

Mais entre nous, pardon, je suis sincère,

Qui sait si ce beau luminaire

Qui vous parait du firmament

Le plus agréable ornement,

Ne serait point une chimère?

Ou quelque lueur mensongère,

Ouvrage du vieil Astaroth,
Pour égarer ce bon vulgaire
Qui, bien le savez, n'est qu'un sot.

Ne croyez que l'envie ait brouillé ma lunette,
Sur ce, chacun le sait, ma conscience est nette.
　　Mais gardez-vous de ce fanal
　　Plus dangereux que l'on ne pense,
　　Je vous le dis en confidence,
　　Bientôt il vous serait fatal.

　　Indigné de la malveillance
　　J'allais batailler à outrance,
　　Quand un spectateur impartial
　　Me dit, laissez l'original
　　S'applaudir de son ignorance,
　　Et s'admirer dans sa jactance,
　　Pour lui le cigne est un corbeau,

L'or le plus pur de l'oripeau.

Ainsi la nature en marâtre

Lui refusant le sentiment du beau,

L'a privé du divin flambeau

Dont le génie est idolâtre.

VOYAGE DE MÉGÈRE,

A . . . .

SON RETOUR AUX ENFERS.

ANECDOTE DU SIXIÈME SIÈCLE,

PAR UN CONTEMPORAIN.

Naguère, un jour, des enfers échappée,
De noirs desseins préoccupée,
Mégère ici porta ses pas,
Et, parmi nous, vint prendre ses ébats.
« Sans moi, mes sœurs suffisent au Tartare,

« Dit-elle, et peuvent exercer

« Cet emploi traité de barbare

« Auquel je viens de renoncer.

« Tandis qu'au ténébreux empire,

« Avec fureur on se déchire,

« Je vais m'amuser à détruire ;

« Et, s'il se peut, faire damner

« La détestable gent humaine,

« Qu'avec moi je veux entraîner

« Au fond de l'infernal domaine.

« Jadis, en parcourant ces lieux,

« Dit la noire sempiternelle,

« Je fis un élève fameux :

« Le sujet me parut heureux

« Pour signaler mes talens et mon zèle ;

« Dès-lors il fut partout cité

« Pour son insensibilité,

« Son orgueil, sa duplicité,

9*

« Surtout pour sa brutalité.

« Néanmoins, quelquefois rebelle,

« Déclinant mon autorité,

« Il s'affranchit de ma tutelle :

« Aussi le drôle est-il resté

« Faible, indécis, pusillanime,

« Visant, en sot, à surprendre l'estime

« De ceux dont il se croit chéri.

« Il est pourtant encor mon favori.

« Si cet étourneau, sans cervelle,

« Maintenant habite ici près

« A son insu je l'ensorcelle,

« Et l'associe à mes projets.

« Je sais qu'il a fait la folie

« De prendre femme assez jolie

« Bonne, dit-on ; mais dont l'esprit

« A, chez nous, fort peu de crédit.

« Eh ! pourquoi se lancer sur la mer orageuse

« D'un hymen si mal assorti?

« Je l'avais cent fois averti

« D'éviter beauté scrupuleuse,

« Sous peine d'être assujetti.

« Pour calmer sa fougue amoureuse,

« N'avait-il pas gentils mignons,

« Choisis parmi nos légions?

« Mais, avant de rien entreprendre,

« Il faut, et ce sans plus attendre,

« Essayer de le séparer

« De l'insipide mijaurée,

« Toujours si douce, si sucrée,

« Que je ne puis accaparer.

« A ce mari vain et crédule

« Je saurai dorer la pilule,

« Et finir par l'exaspérer.

« D'abord je lui souffle à l'oreille

« Que tandis qu'il travaille et veille,

« Sa moitié, sans capacité,

« Sans aucun soin, sans nulle économie,

    « Laisse piller en liberté,

    « Des valets la horde ennemie :

    « Dans cet irascible cerveau,

    « Je logerai mainte chimère,

    « Et, pour exciter sa colère,

    « De la discorde, avec mystère,

    « Je rallumerai le flambeau.

    « Lors je vois éclater l'orage

    « Qui met en rumeur le ménage;

    « L'époux abusé, furieux,

    « Dans son extravagant délire,

    « Voulant, à l'exemple des Dieux,

« Par la terreur établir son empire.

    « Sa piètre femme, vrai martyre,

    « En secret se désolera;

    « Qui sait: peut-être elle en mourra!

« S'il se pouvait ! quelle heureuse aventure !

  « Quelle félicité de voir

  « Parens, amis au désespoir,

« Se lamenter près de sa sépulture !

  « S'il m'était permis de mourir !

« Ah ! je le sens : j'en mourrais de plaisir ! »

L'infatigable et cruelle Mégère

  Avance et gagne le manoir

  Toujours soumis à son pouvoir.

  Dans son enceinte était l'azile

  De laborieux citadins;

Lesquels, contens d'un état mercantile,

Vivaient en paix, chéris de leurs voisins.

En cheminant, l'odieuse furie

  Aurait voulu troubler la vie

  De ces honnêtes habitans

  Qui, par bonheur eurent le temps

  De se liguer pour l'éconduire,

En sorte que, sans coup-férir,

Force lui fut de s'enfuir,

Se contentant de les mandire.

Ainsi réduite à se cacher,

L'active et méchante femelle

Dans un taudis fut se nicher

Pour, de là, faire sentinelle.

Son pied touchait à peine au but

Que, d'un antre sale et fétide,

Son œil vigilant aperçut   .

Un filet d'eau fraîche et limpide

Qu'à l'instant elle reconnut.

Aussitôt la vieille Euménide

Trotte, et, d'un pas presque rapide,

Arrive, et dit : « Oh ! je les tiens parbleu :

« Je dompterai cette canaille,

« Et, sous peu, nous verrons beau jeu.

« D'abord j'enferme la muraille

« D'où part ce précieux ruisseau ;

« Puis de ma main j'appose double sceau

« Sur tous les coins de ma bâtisse ;

« Et dussé-je, contre eux, user de maléfice,

« De par Belzébuth, ces gredins

« De Tantale, en ces lieux, subiront le supplice. »

Mais pour en venir à ses fins,

Comptant moins sur sa fermeture

Que sur sa hideuse figure

Pour effrayer les plus mutins,

Mégère, ainsi qu'une toupie,

Fuyant la main du joyeux écolier,

Tourne, bruit et demeure accroupie,

Non loin de l'important pilier

Qui ferme et soutient l'édifice

Imaginé par sa malice

Là, déployant ses deux grands vilains bras.

Plus secs, plus noirs que de vieux échalas,

Pour mieux saisir de sa main croche

L'impertinent qui s'en approche,

Et lui faire sauter le pas.

Au moment où, nouveau Cerbère,

Ce monstre, à langue de vipère,

Jouissait de ses attentats,

Un bruit sourd qui se fait entendre,

La trouble, et semble l'avertir

Qu'à son poste il faudra se rendre,

Et s'apprêter à déguerpir.

Ce bruit, semblable à celui du tonnerre

Qui, des entrailles de la terre,

Retentit jusque sous nos pas,

Fait appréhender qu'un cratère

Ne fasse bientôt en éclats

Voler un coin de ce pauvre hémisphère.

On sut enfin que ce fracas

Nous parvenait des rives sombres,

Après avoir parcouru les états

Du roi qui gouverne les ombres.

Des Euménides en fureur

On distinguait la voix tonnante,

Appelant à grands cris la sœur

Qui se montrait récalcitrante.

« Que fait-elle chez les humains ?

« Disaient les antiques pucelles ;

« A-t-on remis ce fouet en nos mains

« Pour fomenter sottes querelles ?

« L'insensée attend le trépas

« D'une victime infortunée,

« Que le Destin a condamnée

« A déplorer de trop funestes lacs.

« Si le malheur la fait ici descendre,

« Que fera-t-on de cet objet si tendre

« Qui sut aimer et ne saurait haïr

« Pas même ceux qui la font tant souffrir?

« Sans doute il faudra nous attendre

« A voir incessamment ouvrir

« L'asile des ombres heureuses,

« Où sa belle âme ira se réunir

« Aux âmes les plus généreuses.

« Mais comment, fille de la Nuit,

« Est-elle assez mal-avisée

« De recruter pour l'Élysée,

« Pour ce séjour par nous maudit,

« Et qui nous est à jamais interdit!

« C'est une honte, une horreur, un outrage,

« Le renversement de nos lois!

« S'écriaient les sœurs à la fois. »

Pluton, étourdi du tapage,

Veut en connaître le motif.

A l'instant ordre positif

Amène à ses pieds les plaignantes,

De colère encor palpitantes.

Alecto plutôt que sa sœur

Ayant recouvré la parole,

Dit : « Très-équitable seigneur,

« Ce n'est point une faribole

« Qui met les enfers en rumeur.

« Une Euménide, en fugitive,

« A, sans permis, sans passe-port,

« Quitté l'empire de la mort.

« Faites, grand Roi, qu'on la poursuive

« Pour la forcer à repasser la rive.

« Chacun sait qu'ici tout languit,

« Depuis sa folle mascarade :

« Némésis en perdra l'esprit,

« Et Tisiphone en est malade.

« Sire, on ne peut, vous le savez, je crois,

« Faire à deux l'ouvrage de trois ;

« Cependant notre camarade,

« Sous la forme la plus maussade,

« Fait là-bas maint charivari,

« Pillant, volant même son favori,

« Quoiqu'il soit sa vivante image,

« Faisant à tous craindre la rage

« Au moyen d'un ruisseau tari :

« Et tandis qu'une des furies

« S'amuse à ces niaiseries,

« Tantale est tout près d'étancher

« L'ardente soif qui le dévore ;

« Sisyphe, au pied de son rocher,

« Attend le pardon qu'il implore ;

« Ixion, cet audacieux,

« N'a-t-il pas su trouver lunette

« Pour voir, à travers la bluette

« Qui fascinait ses pauvres yeux,

« L'erreur que, peut-être, il regrette,

« Qui trompa son cœur amoureux.

« Le fou, chaque jour, dans sa roue

« Jette un bâton pour nous faire enrager.

 « Le damné qui de nous se joue,

 « Est bien près de se dégager.

 « Enfin ces femmes criminelles

 « Que Danaüs rendit cruelles,

 « Ne pouvant nous apitoyer,

 « Voudraient calfater le cuvier

 « Fabriqué dans ces lieux pour elles.

 « Voilà, seigneur, en raccourci,

 « Le tableau fâcheux, mais fidèle.

 « De tout ce qui se passe ici :

 « Ne le traitez de bagatelle,

 « Ou votre noire majesté

 « Pourra voir son autorité

 « Compromise par la séquelle. »

Épouvanté du résumé,

Déjà le monarque enfumé

Croit voir son trône qui chancelle.

Bientôt le bruit de la crecelle,

Aux courtisans donne l'éveil :

L'Effroi, qui grossit la nouvelle,

Veut qu'on double la sentinelle,

Surtout qu'avec grand appareil,

On convoque un nombreux conseil.

Minos, requis, fait diligence,

Et ses collègues, vu l'urgence,

Se précipitent sur ses pas.

Pluton s'y rend, leur expliquant le cas,

S'appesantit sur l'importance

De maintenir la paix dans ses états.

Soudain Rhadamante, avec force,

Dit : « Sire, ordonnez qu'on renforce

« Vos légions ; et que vos vieux lutins

« Pulvérisent tous ces coquins.

« A l'égard de la vieille rosse

« Qui met vos sujets en émoi,

« Cent coups appliqués sur sa bosse

« La rendront fidèle à son Roi.

« D'ailleurs c'est une libérale

« Qui, pour ce, mérite la cale :

« Tout horion sera de bon aloi. »

A ces mots, un fameux légiste

Prit la parole, et dit : « Soyez moins rigoriste :

« Le peuple, vous savez, n'est pas

« Trop soumis à ses potentats.

« Souffrez, seigneur, qu'un avis salutaire,

« Sur vos intérêts vous éclaire.

« De vos droits fussiez-vous jaloux

» Plus que monarque sublunaire,

« Mieux avisé, domptez votre courroux,

« Et montrez-vous plus débonnaire :

« En paraissant moins alarmé,

« Tout rentrera dans l'ordre accoutumé. »

A ce discours, dont il sent la justesse,

Eaque applaudit du bonnet,

Et le conseil, à son exemple, acquiesce.

Instruite par un Farfadet

De l'incroyable et scandaleux effet

De son imprudente escapade,

Mégère, craignant l'estrapade,

S'était postée en embuscade

Pour se glisser au vieux manoir,

Et, sans tarder, se rendre à son devoir :

Le Dieu désarmé lui fait grâce,

Et lui permet de garder une place,

Près d'elle, au pupille chéri,

Qui, chez les humains la remplace,

Dont le cœur de haine nourri

Par la beauté ne put être attendri.

ÉPIGRAMMES.

BOUTADE.

Non loin du bourbier de Fréron,
Certains grimauds remplis d'audace,
Osaient disputer le Parnasse
Aux nobles enfans d'Apollon;
Plus, cette gent Aliboron,
Digne suppôt de la sottise,
Prétendait encor à sa guise
Régenter le sacré vallon.

Que tant d'impudence n'étonne ;

Tous aspiraient à la couronne,

Que leur promirent les cagots,

Les hypocrites et les sots ;

Mais las, ô fâcheuse disgrâce !

Le Dieu du goût qui ne fait grâce,

Du terrible sifflet assaillit leurs concerts,

Et bientôt on leur vit les aîles à l'envers (1).

AU MODERNE LEBRUN.

Du Pindare français je déplorais le sort,

Quand pour me consoler, Apollon vint me dire :

Du grand homme il nous reste et le nom et la lyre,

Non, Lebrun n'est pas mort.

(1) Allusion au dernier chant de *la Donciade*, par
M. PALISSOT.

AUX GOBE-MOUCHES ROMANTIQUES.

Quoi ne pouvez sans frénésie,

Nous voir contester les succès

De poètes sans poésie,

Grands amateurs de grands effets?

Bien moins aveugles, vos idoles,

Qui savent à quoi s'en tenir,

S'amusent de vos hyperboles,

En attendant que l'avenir

Appréciant leurs fariboles

En efface le souvenir.

SUR LE CANON D'ALARME DE M. BAOURD.

Hé grand Dieu! pourquoi ce vacarme,
En veut-on au roi des oiseaux?
Du tout, c'est le canon d'alarme
Que Baourd tire aux étourneaux.
Ah! seigneur, soyez moins austère,
Comme eux jadis prenant l'essor,
Avez caressé la chimère;
Et quand sur vos brouillards du nord,
Lebrun se montra si sévère,
Du moins n'en êtes-vous pas mort.

RÉPONSE A UN CENSEUR

QUI VOULAIT SIGNALER QUELQUES FAUTES DANS
LES DERNIÈRES MESSÉNIENNES.

Pour fixer le soleil, je n'ai point l'œil de l'aigle :
Critiquer Casimir, serait témérité ;
Quand son brûlant génie au-dessus de la règle,
Plane déjà sur la postérité.

LE NOUVEAU DELUGE.

Pour châtier l'œuvre de ses mains,
Du Ciel, Dieu lâchant les écluses,
Submergea les pauvres humains
Qui vraiment étaient sans excuses ;

Mais quand il vit que ce fléau

N'amendait point notre hémisphère,

Ingrats, dit-il, dans sa colère,

Vous subirez un déluge nouveau :

Des fils de Loyola j'inonderai la terre,

Dont ils éteindront le flambeau.

ABOMINATION DE LA DÉSOLATION.

O mes amis, en ce funeste lieu,

De nos faquirs déplorez la détresse;

La loi, sans doute inique en son espèce,

Qui les condamne à prier le bon Dieu,

Leur interdit de fesser la jeunesse.

CONSEIL SALUTAIRE.

De Martyrologes nouveaux
Si voulez grossir la légende,
N'employez glaives ni bourreaux
Contre nos saints de contrebande;
Mais faites que, sans coup-férir,
Leur pernicieux artifice
Mis au grand jour, soit le supplice
Qui les contraigne à déguerpir.

AUTRE.

Quand nos libertés si restreintes
Éprouvent nouvelles atteintes,
Du Roi se plaindre n'est qu'un jeu;
Aussi l'on peut s'en prendre à Dieu.

Mais ne l'imputez aux jésuites,

Voire même à leurs acolytes,

Si ne voulez souffler le feu

Qui couve chez ces bons lévites.

SUR M. D'H.......IS.

D'un humble fils de Loyola,

Plaignez avec moi les disgrâces;

En vain un bon Roi le combla

D'honneurs, de fortunes, de grâces;

L'épiscopat, dit-il, fi, c'est trop peu,

La récompense est incomplette

Même avec le beau ruban bleu.

Si, voulez voir son âme satisfaite,

Ne lui gardez thiare, ni barrette,

Dépêchez-vous d'en faire un Dieu.

PRÉDICTION

DE M.ᵉ MICHEL NOSTRADAMUS.

Quand tes emportemens fougueux

Ont fait disparaître avant l'âge,

Le chef-d'œuvre chéri des Dieux

Qui par malheur fut ton partage,

Misérable, tu porteras,

Comme Caïn, le sceau du crime,

Et sans appui, tu finiras,

Plus malheureux que ta victime.

A UN SOI-DISANT COMTE.

Si ta grandeur n'est chimérique,

Elle est au moins problématique :

Crois-moi, mon cher, ne revendique

11*

De tes aïeux, qu'un homme unique,

Honoré d'estime publique ;

Mais, dont la muse un peu caustique

Aurait bien pu faire la nique

A l'arbre généalogique,

Soutien de ta noblesse antique.

LE NOUVEAU CHRYSOLOGUE.

Vous qui croyez Chrysologue *in pace*,

Venez ici, vous le verrez revivre,

Du peu qu'il sait prêt à faire un gros livre,

De s'illustrer tant il est empressé ;

Vous le verrez qui bien se remercie

De ses talens, que lui seul apprécie,

Dont il attend avec sécurité,

Tout au moins l'immortalité.

A UN CRITIQUE.

A tort votre aigre douce glose
De ma muse atteint les travers ;
Quand radotez si bien en prose,
Passez-moi quelques méchans vers.

Esprit faible, cerveau fêlé,
Trop souvent loge la sottise ;
Aussi de la pauvre Céphise
Dont le bon sens est exilé,
Chaque jour est-il signalé
Par quelque grosse balourdise.

LE MÉTÉORE.

Jadis parut à son aurore
Bel astre de tous envié :
Au zénith on le vit encore ;
Mais, hélas! déchu de moitié,
Plus tard, ainsi qu'un météore,
Il s'éteignit, fut oublié.

A UN MAGISTRAT (1).

Digne interprète de la loi,
Inexorable pour le crime,
Cédant au zèle qui t'anime,
La pitié ne peut rien sur toi ;

(1) M. A. G . . . juge à V . . . .

Mais, quand l'humanité souffrante,
Le cri de la classe indigente,
Réclament tes soins, tes bienfaits,
Alors, ton âme indépendante,
Généreuse, compatissante,
Jouit des heureux que tu fais.

———————

A D . . . . EZ.

Nouvel Orphée, à tes accens,
Si le cœur s'élève et s'enflamme,
C'est que le Dieu qui préside à tes chants,
Les a puisés dans ta belle âme.

———————

QUESTION RÉSOLUE.

Pourquoi de femme jeune et belle
Giton a-t-il fait le malheur?
C'est qu'à ses mignons trop fidèle,
Il avait le sexe en horreur.

ÉPITAPHE DE M. GINGUENÉ.

Honneur de son pays, vrai modèle du sage,
Ginguené, tendre époux, fut ami généreux;
Il fit de ses talens un noble et digne usage,
Et fut persécuté sans cesser d'être heureux.

SUR L'ÉLÉGIE.

Loin de nous ces plaintes amères
Qui voudraient nous apitoyer,
Sur des malheurs imaginaires
Qu'un vers heureux sait déployer;
D'une vraie douleur l'énergie
Plait seule au cœur qu'elle attendrit;
Jamais la touchante élégie,
Ne fut l'ouvrage de l'esprit.

ÉPITAPHE DE M.ʳ C...TIN,

DÉCÉDÉ EN 1798.

Vrai sanctuaire de vertus,
Du barreau, C... tin fut l'élite;
Il tonna contre les abus,
Et douta seul de son mérite.

A UN MALIN VIEILLARD.

Hé quoi! pauvre routinier,
Vous faites encor des malices?
Et sans voix, vous voulez crier
Contre les travers et les vices?
Ne torturez frêle cerveau
Pour en tirer gloire nouvelle,
Depuis long-temps le vieux flambeau
N'a plus une seule étincelle.

LA VIEILLE.

La vieille sempiternelle,
Dépositaire infidèle,
A piller, voler, s'enrichit.

Harpagon, moins heureux qu'elle,

Quoiqu'à l'imiter fidèle,

A ce vil métier perdit

Son honneur et son crédit.

A UN DÉTRACTEUR DU BEAU SEXE.

Pourquoi se déclarer l'ennemi de ce sexe

Qui sait te plaire et te charmer?

Ainsi le misanthrope vexe

Tous ceux qu'il craint de trop aimer.

PORTRAIT.

Parfait modèle de bonté,

De douceur, d'amabilité,

Étrangère à la vanité,

Justine avec simplicité

Joint la raison à la gaîté.

Vrai trésor de maternité

Dont le sentiment exalté

Accroît la sensibilité

Et redouble l'activité ;

En elle rien n'est affecté.

La piquante vivacité

D'un esprit sans causticité

Font chérir son intimité;

Quand sa touchante aménité,

Sa franchise, sa loyauté,

(1) Justine G...., aujourd'hui madame de M.....

De son humeur l'égalité,

D'un cœur pur la sérénité

Sont pour son époux enchanté,

Gage heureux de félicité.

L'IMPRUDENT.

QUE ce pauvre J.... est à plaindre !

Soudain frappé de cécité,

Voyez-le courir sans rien craindre,

Au risque d'être culbuté.

La France, en vain, dans sa colère,

Crie, insensé ! n'avancez pas ;

Vous êtes au bord d'un cratère !

Le fou, du bruit ne faisant cas,

S'accroche enfin au ministère,

Se croit au port et tombe avec fracas.

ÉNIGME.

Fils chéri du désœuvrement,

Je suis aussi vieux que mon père,

Dont je m'éloigne rarement.

La province est mon élément ;

On m'y fête, on m'y considère ;

Et j'y manque peu d'aliment.

Aussi, comme un vélocifère,

Toujours ennemi du mystère,

Je la parcours rapidement,

Pour en augmenter l'agrément.

On me néglige aux champs, mais je règne à la ville,

Et chacun sait que maintes fois

J'ai su trouver un doux azile,

Même à la cour des plus grands Rois.

On m'accuse, il est vrai, d'un peu de médisance,

Et trop souvent d'inconséquence.

Mais un sexe charmant dont je sers les loisirs,

Un sexe généreux embrasse ma défense ;

Et tout fier de mon importance,

Je me dévoue à ses plaisirs.

A ces traits, cher lecteur, tu dois me reconnaître :

S'il te restait quelqu'embarras,

Entre dans nos salons, tu m'y rencontreras,

Ou sans tarder tu me verras paraître.

CHARADE.

Plus acharné que mon dernier,

Trop souvent mon entier

Fait naître mon premier.

---

12 *

LA BAGUETTE INVISIBLE.

A HERMINIE.

Le sort, au déclin de mes jours
A gémir m'avait condamnée,
N'en voulais prolonger le cours
Tant souffrais d'être abandonnée.
Quand tout à coup objet charmant,
Paraît et change ma chambrette.
Ah ! m'écriai-je, aimable enfant
De fée aurais-tu la baguette ?

A ton aspect, triste réduit
S'anime et prend face nouvelle,
Dans tes yeux l'amitié sourit,
Cœur brisé vole au-devant d'elle :
Avec toi l'espoir consolant
A pénétré dans ma chambrette.
Ah ! dis-moi donc, aimable enfant,
De Fée aurais-tu la baguette ?

Eh ! que m'importe des humains
La trop coupable ingratitude,
Leur injustice, leurs dédains
Ne troubleront ma solitude.
Que chaque jour un seul instant
Tu puisses embellir ma chambrette,
Ah ! rendrai grâce, aimable enfant,
A ton invisible baguette ?

Mais las qui peut donc arrêter

Ce doux soutien de ma vieillesse?

Me faut-il encore regretter

Les soins touchans de sa tendresse.

En vain j'appelle mon enfant!

Tout est muet dans ma chambrette.

Ah! je le vois, un mécréant

Aura dérobé ta baguette.

L'AMOUR INSTITUTEUR.

A HERMINIE C. ET EMMA DO...B...G,

NÉES LE MÊME JOUR,

A UNE ANNÉE D'INTERVALLE.

Las de tourmenter les mortels,
Renonçant à tous artifices,
L'Amour fit sermens solennels
De faire oublier ses malices.
« Je veux que la postérité
« Dit-il, adore ma puissance
« Et que l'univers enchanté
« Rende hommage à ma bienfaisance. »

Pour exécuter le projet,
D'abord, en ces lieux il fit naître
Intéressant et doux objet,
Dont il se déclara le maître;
Bientôt après, à pareil jour
Parut encor grâce nouvelle.
A ses deux élèves, l'Amour
Prodigua le plus tendre zèle.

Du mot j'aime, l'instituteur
Composa leur vocabulaire:
Ce mot suffit, dit le docteur;
Qui sait aimer est sûr de plaire.
Déjà dans le cœur maternel
L'amour avait pris domicile,
Et touché le cœur fraternel
En faveur de chaque pupille.

Dès qu'il les vit à l'âge heureux
Combler sa plus chère espérance,
L'Amitié, cédant à ses vœux,
Vint embellir leur existence.
On dit, et je le crois certain,
Qu'enfin l'Amour devenu sage,
Doit se réunir à l'Hymen
Pour couronner si bel ouvrage.

ROMANCE A HERMINIE,

LE JOUR OU ELLE ACCOMPLIT SES QUINZE ANS

Elle a fui ton heureuse enfance
Dont tu regrettes la douceur ;
Ainsi de ton adolescence
Finira le rêve enchanteur.

Lorsque dans l'été de ta vie
Tu songeras à son printemps,
Dis-toi qu'une mère, une amie,
Te consacra ses derniers ans.

Dis-toi souvent que sa tendresse
Qui de fleurs para ton berceau,
Bientôt à guider ta jeunesse
Sut trouver un plaisir nouveau.

Ah! pour cette mère si tendre,
Quand tes vœux seront superflus,
Sans donner des pleurs à sa cendre,
Honore-la par tes vertus.

LE ROSEAU.

A HERMINIE.

Seul en ces lieux, en butte à la tempête,
Triste roseau végétait sans appui;
Sentait encore accroître son ennui,
Quand les autans courbaient son humble tête.

Las! en secret, de sa tige flétrie,
L'infortuné déplorait le malheur;
Sourd à ses vœux, le Ciel, dans sa rigueur,
L'avait frappé des maux de sa patrie.

Roseau si cher, renais à l'espérance,
Il reviendra ce tendre et doux soutien;
Plus ne seras séparé de ce bien,
Et le bonheur passera la souffrance.

CHANT FUNÈBRE

SUR LA MORT DE PAUL DUPOTI.

Elle a sonné cette heure si fatale,
Où le destin nous ravit sans pitié
Ce malheureux, que la tendre amitié
Dispute en vain à la rive infernale.

Plus les accords de son brûlant génie
Ne troubleront l'écho silencieux ;
Plus n'entendras les chants mélodieux
Qu'il dérobait au Dieu de l'harmonie.

Ah! si les arts honorent sa mémoire,

Le sentiment redira ses vertus;

Il redira que, frondant les abus,

Paul adorait son pays et la gloire.

Infortuné! si du sombre rivage

Tu peux encor contempler les mortels,

Jouis au moins des regrets éternels

Que laisse ici ton rapide passage.

AU PRINTEMPS.

Au Printemps que tout rende hommage,
Tendres amans, heureux époux;
Pour vous son retour est le gage
Des beaux jours, des biens les plus doux.
Tout atteste ici la présence
De ce jeune et brillant vainqueur,
Et tout révèle sa puissance
En secret au sensible cœur.

C'est par lui que l'amant de Flore
Unit son souffle caressant

Aux douces larmes que l'Aurore

Dépose sur le vert naissant.

Par lui , la nature embellie

S'anime et reprend ses couleurs ;

Et le Dieu qui lui rend la vie ,

La couronne aussitôt de fleurs.

A sa voix, du Dieu de la guerre

Le laurier croît pour les héros ,

Quand pour vous, jeunesse légère,

Il naît des roses à Paphos.

En ce jour si de l'espérance

Le vert semble être la couleur (1) ,

C'est que du bouton , dans l'enfance ,

Il recèle et promet la fleur.

(1) Allusion au jeu du vert.

Que du myrte le doux feuillage

Soit le seul admis dans vos jeux;

Qu'il soit à jamais le partage,

Le laurier des amans heureux.

Et lorsque de brillantes fêtes

Du Dieu proclament les faveurs,

De ses dons couronnant vos têtes,

Pour encens offrez-lui des fleurs.

A LA PUDEUR.

Non, tu n'es point une chimère,
Séduisante et chaste Pudeur;
Plus on te craint, plus on révère
Ta douce et timide rigueur.
Enfant de la délicatesse,
Ton regard fuit la volupté;
Et cette honte enchanteresse
Ajoute encor à ta beauté.

La candeur et la modestie
Partout accompagnent tes pas,
Et partout aux grâces unie
Tu n'en offre que plus d'appas.

L'amant, que le respect éclaire,
Devant toi retient le désir,
Et sous le voile du mystère
Se permet à peine un soupir.

Sans te connaître, l'innocence
Rougit et vole dans tes bras,
Quand, d'accord avec la décence,
Tu fais naître un doux embarras.
Vois ce teint que ta main colore;
Quel présage heureux pour l'Amour!
C'est la rose que fait éclore
Le premier rayon d'un beau jour.

BOUQUET.

A Mme LA COMTESSE DE CH......IN.

Pꜰᴏꜰᴀɴᴇs, fuyez à Cythère,
Ici plus d'Amours, de Cypris;
Des vertus d'une vierge mère,
Nous célébrons le juste prix.
Et vous, qui de cette patronne
Reçûtes le nom, les appas,
Songez qu'elle dût sa couronne
Au bien qu'elle fit ici-bas.

Comme vous elle eut en partage,

Esprit, douceur, grâce, beauté;

Mais sur vous elle eut l'avantage

D'un cœur rempli de charité.

Son bonheur, sa gloire suprême,

Fut de sauver le genre humain;

Et pour vous, le plaisir extrême

Est de damner votre prochain.

N'espérez pas, belle Marie,

Habiter la céleste cour,

Quand de jour en jour plus chérie,

Vous n'accordez aucun retour.

Jamais si noire ingratitude

Ne pénétra dans ces beaux lieux;

Pour gagner la béatitude,

Il faut avoir fait des heureux.

Le Ciel ne donne tant de charmes,
Que pour le bonheur des mortels;
Avec de si puissantes armes,
Bientôt on obtient des autels.
Daignez donc, ô belle Marie !
Remplir un destin aussi doux,
Et vous verrez, dès cette vie,
Tous les humains à vos genoux.

LE BOUTON DE ROSE.

A MADEMOISELLE LOVELI DE CH.......

Espoir d'une tige charmante,
Bouton si frais et si joli,
Chaque jour l'aurore naissante
Te retrouve encor embelli.
Digne de parer la corbeille
Qu'à Flore offre le doux printemps,
Près de toi la rose vermeille
Compte en vain sur ses agrémens.

14

Séduisant élève des Grâces,

Tendre bouton cher à Cypris,

A peine on te vit sur ses traces,

Que l'Amour même fut épris.

« Bientôt tu seras mon partage,

Dit cet enfant audacieux,

« Des Dieux le plus parfait ouvrage,

« Va pour moi briller en ces lieux. »

Soudain la corolle embaumée

Échappe au calice enchanteur;

Et déjà Cythère charmée

Admire la nouvelle fleur.

Aussitôt adroite conquête,

L'Amour prétend seul en jouir;

Et le fripon ravi s'apprête,

Malgré l'épine, à la cueillir.

LES AMOURS DE L'ITON.

A UNE JOLIE FEMME

QUI SE PLAIGNAIT DE L'HUMIDITÉ QUE LES EAUX
DE NAVARRE RÉPANDAIENT DANS LES BOSQUETS
DE CE BEAU SÉJOUR.

Penché sur son urne éternelle,
L'heureux Iton voyait en paix,
Des eaux la surface fidèle
Réfléchir les plus doux objets.

Quand sur sa rive enchanteresse

Il croit voir une déité;

Soudain, dans sa brûlante ivresse,

Son cœur s'ouvre à la volupté.

« Ah ! pour moi, dit-il, la nature

« Forma ce chef-d'œuvre nouveau;

« Jamais la source la plus pure

« N'aura reçu rien de si beau.

« Plus fortuné que le Scamandre,

« J'aurai donc aussi des autels !

« A tant d'attraits qui peut prétendre,

« Doit être au rang des immortels !

« Bientôt mon onde caressante

« Va presser ces heureux contours;

« De ma grotte, ò femme charmante !

« Bientôt tu sauras les détours. »

Tout palpitant d'impatience,

Le fleuve accélère son cours;

Il croit, il bouillonne, s'élance,

Retombe aux pieds de ses amours.

A cet aspect on voit la belle

Pâlir et perdre ses couleurs,

Ainsi qu'une rose nouvelle

Que frappent d'humides vapeurs.

Enfin Thémire, par la fuite,

Échappe à ces perfides eaux;

Et le Dieu, las de sa poursuite;

Confus, s'enfuit sous ses roseaux.

BOUQUET.

A LOVELI.

Que mille chants harmonieux
Célèbrent de vastes conquêtes,
Qu'avec transport jusques aux cieux
Ils retentissent dans nos fêtes ;
Pour moi, du tendre Anacréon
Je ne veux que suivre les traces,
Et placer le plus joli nom
Sur le calendrier des Grâces.

Ce nom, peut-être, avec éclat
Ne brillera point dans l'histoire ;

Mais bien d'un sexe délicat

Il sera l'honneur et la gloire !

En vain sans lui, talens, beauté

Se disputeraient nos couronnes :

Parmi nous , pour être fêté

Il faut les Grâces pour patronnes.

O nom, par elles inspiré !

Qu'on aime à répéter sans cesse ,

Tu deviens le gage assuré

Des plaisirs qu'offre la tendresse.

Ma Loveli (1), toujours vainqueur ,

Ce nom que répète ma lyre ,

Te promet avec le bonheur ,

Sur tous les cœurs un doux empire.

(1) Aimable.

LES PETITS SOUPERS.

Air : *C'est ce qui me désole.*

Auprès de nos soupers joyeux,

Qu'on ose nous vanter des Dieux

   Les festins et l'ivresse :   (*bis*)

L'ennui s'y glissait quelquefois;

Mais, parmi nous, il perd ses droits

   Et cède à la tendresse.   (*bis*)

Ce sentiment si précieux

Fixe pour jamais en ces lieux

La plus aimable ivresse.   (*bis*)

Un trio de cœur bien unis,

Brave les chagrins, les ennuis,

   Au sein de la tendresse.   (*bis*)

Mais de si pure volupté,

Pour goûter la félicité,

   Sachons dans notre ivresse   (*bis*)

Échapper à l'œil curieux

De ce tas de sots, d'envieux,

   Fléaux de la tendresse.   (*bis*)

Il n'est besoin de longs écrits,

Pour noter les statuts, les rits,

   Enfans de notre ivresse;   (*bis*)

La seule amitié de sa main,

A gravé le code divin,

   Garant de la tendresse.   (*bis*)

Aimer, est le premier devoir,

De qui reconnaît le pouvoir

　　Du Dieu de notre ivresse.　　　　(*bis*)

A ses lois fidèles, soumis,

Jurons-nous donc, ô mes amis!

　　Éternelle tendresse.　　　　　(*bis*)

POT-POURRI

SUR LA FRANC-MAÇONNERIE.

A UN FRANC-MAÇON,

QUI ME DEMANDAIT UNE RONDE POUR UN BANQUET
EN LOGE, ME DISANT : VOUS SAUREZ TOUT CE QUI
PEUT ÊTRE RÉVÉLÉ A UN PROPHANE.

Air : *Ma mère Barra.*

ME traiter de profane ; eh ! vous n'y songez pas !
Quand de l'ordre fameux je fais le plus grand cas ;
Lorsque, sans me vanter, sans même être indiscret,
Je puis dire entre nous : Frère, j'ai le secret.

Air : *Le connais-tu, ma chère Éléonore.*

Oui, du compas, du niveau, de l'équerre,

J'ai pénétré le sens mystérieux ;

Et mes regards, guidés par la lumière,

Ont su percer le voile merveilleux.

Air : *Vous m'entendez bien.*

Hé quoi ! vous semblez confondu

De ce langage inattendu ;

Cédant à l'évidence,

Hé bien !

Respectez ma science :

Vous m'entendez bien.

Air : *De la façon de Barbari.*

Long-temps avant vous j'entrepris

Le pénible voyage,

Et malgré mes yeux obscurcis

On vanta mon courage ;

Je fus apprenti, compagnon,

La faridondaine, la faridondon,

Et de plus reçu maître aussi

Biribi,

A la façon de Barbari,

Mon ami.

Air : *J'avais toujours gardé mon cœur.*

J'osai fixer l'astre brillant

Que précède l'aurore ;

Phébé, de ton éclat touchant

Il me souvient encore.

Air : *Du haut en bas.*

Je vis aussi

Débris d'un temple magnifique,

15

Je vis aussi

Ce que l'on ne voit point ici,

Flambeaux, colonnes, mosaïque,

Autel, fauteuil, globe sphérique,

Je vis aussi.

Air : *Femmes, voulez-vous éprouver.*

Non loin j'aperçus scintiller

Superbe étoile flamboyante,

Dais, qu'on ne doit pas oublier,

Embelli de houpe élégante ;

Ainsi s'offrirent à mes yeux,

Sous le plus noble caractère,

Signes et rits mystérieux,

Éternels garans du mystère.

Air : *De tous les Capucins du monde.*

FRAPPÉ de l'étonnant spectacle,

Aisément je crus au miracle ;

A tant de beautés j'applaudis;
Mais je me tus, quand l'éloquence
Peignit à nos cœurs attendris
Les charmes de la bienfaisance.

Air *des Pendus.*

Puis, sur la tombe honorable
De l'architecte admirable,
J'entendis le vénérable
Renouveler nos douleurs.
O souvenir exécrable
D'un méfait épouvantable!
Près la branche mémorable
Le mont sacré vit mes pleurs.

Air: *N'en demandez pas davantage.*

Est-ce assez pour être certain
Que ceci n'est pas badinage?

S'il vous faut plus, je puis enfin,

Frère, vous offrir autre gage.

Touchez-moi la main,

Pressez et soudain.....

N'en demandez pas davantage.

Air : *Une vieille qui roupille.*

Depuis ce jour favorable

On me trouve infatigable,

Soit en loge, soit à table,

Répondre au moindre signal.

Pour fêter le vénérable,

Faut-il de poudre agréable

Charger canon redoutable,

Je ne crains point de rival.

RONDE MAÇONNIQUE.

PAR UN PROFANE.

Au nom de la fraternité,
Amis, je propose une ronde :
Dignes fils de la liberté,
Que chacun de vous me seconde.
Chargez, alignez vos canons,
Faisons feu tous en vrais maçons.

Honneur à l'ordre merveilleux
Émané du grand architecte ;
Dans ce banquet, jusques aux cieux
Portons sa gloire, et qu'on répète :
Chargez, etc.

15*

Que d'Isis le culte sacré
A notre voix se renouvelle;
En ce jour, par elle inspiré,
Je sens qu'ici tout la révèle.
Chargez, etc.

De notre antique fondateur,
Dans nos jeux retraçons l'histoire;
Et que chacun au fond du cœur
Élève un temple à sa mémoire.
Chargez, etc.

Aux yeux des profanes mortels
Sachons dérober nos mystères,
Et de nos travaux solennels
Bannir à jamais les faux frères.
Chargez, etc.

Guidés par le divin flambeau
Qui pour nous seul luit sur la terre,
Avant de toucher le niveau,
Prenons le compas et l'équerre.
Chargez, etc.

Sans cesse au grand œuvre attachés,
Redoublons tous de vigilance,
Et sous nos emblêmes cachés
Travaillons avec confiance.
Chargez, etc.

Respect aux lois, respect aux mœurs,
A l'autorité légitime;
Mais guerre à mort aux oppresseurs:
Les épargner serait un crime!
Chargez, etc.

Amour, justice, loyauté,
De tout maçon est la devise;
Zèle ardent pour l'humanité
En tous lieux le caractérise.
Chargez, etc.

Buvons à ces nobles soutiens
De l'édifice incomparable;
Jurons par nos secrets liens
De le rendre à jamais durable.
Chargez, etc.

Sexe charmant, sexe enchanteur,
A tes attraits rendons hommage.
Au Ciel, si nous devons un cœur,
Toi seul nous en apprend l'usage.
Chargez, etc.

Célébrons tous avec éclat

L'illustre et digne vénérable;

Par trois fois trois que le *vivat*

A son nom retentisse à table.

Chargez, alignez vos canons,

Feu (1), mes amis, en vrais maçons.

(1) (Parlez) Feu, grand feu, le plus pétillant de tous les feux.

ÉPILOGUE.

A la liberté, mon idole,
Je consacrai mes premiers chants ;
Mais l'aile du temps, qui s'envole,
Emporta ces faibles accens.
La gloire eut aussi mon hommage ;
Et daignant sourire à mes vers,
Encouragea le badinage
Qui m'inspira nouveaux concerts.
Quoiqu'étrangère à la critique,
Ma muse, un peu philosophique,
Sut emprunter le ton badin,
Lancer par fois le trait malin,
Qui, sans laisser de cicatrice,
De la sottise fait justice.

Ainsi , cédant à mon destin,

Je voyais couler de ma vie

Les rapides et doux instans

Qu'embellissait la poésie :

Mon automne était un printemps.

Lorsque des filles de mémoire ,

Enfin le culte délaissé,

Fit place à l'espoir insensé

D'un bonheur, hélas ! illusoire ,

Par moi trop long-temps caressé.

Alors , s'offrit à ma vieillesse

L'appui d'un objet enchanteur ;

Les soins touchans de sa tendresse ,

Du Ciel semblaient une faveur :

Sa belle âme , à la mienne unie ,

Était un tout mystérieux ,

S'aimant comme on aime les Dieux.

Quand soudain l'odieuse Envie,

Dans sa bizarre tyrannie

Vint briser un lien si doux;

Et la victime infortunée,

A ses regrets abandonnée,

En butte au plus fatal courroux,

Bientôt succomba sous ses coups.

Contre le sort que j'en accuse,

L'Indignation fut la muse

Que j'invoquai dans ma douleur :

Elle entendit le cri du cœur,

Et, favorisant mon délire,

Accorda de nouveau la lyre,

Qui fait entendre mes soupirs,

Et consacre mes souvenirs.

NOTICES.

Après avoir chanté l'Iton (1) et ses rives bienfaisantes, qu'il nous soit permis d'esquisser quelques traits de la vie et du caractère d'un prélat révéré qui les habita près de vingt ans ; les lumières, les talens, les vertus de ce nouveau Fénélon, en honorant l'humanité, ont laissé un grand modèle de plus à l'épiscopat.

M. l'abbé Jean-Baptiste BOURLIER, qui, au commencement de sa carrière, fut théologal de l'Archevêché de Rouen, était, en 1789, chanoine dignitaire du chapitre de Rheims ; il échappa aux malheurs de ce temps orageux, sans quitter la France, où il sut se faire oublier.

Napoléon, qui se connaissait en mérite, le nomma évêque d'Évreux. Cet événement fut un gage de paix et de bonheur pour le département de l'Eure, à l'époque où la dissidence d'opinions politiques et religieuses était une véritable calamité.

(1) Voir, page 37, l'Apothéose de l'Iton.

16

En effet, à peine le digne prélat parut-il, précédé d'une réputation méritée, escorté de toutes les vertus que commandent le respect et inspirent la confiance, que son influence eut bientôt, en calmant les passions, rallié tous les esprits, qui auraient pu se soustraire à l'ascendant d'une inaltérable douceur, unie à la plus touchante bonté, à cette admirable tolérance que manifestait le vertueux prélat, lorsqu'il disait à l'un de ces imprudens ecclésiastiques, dont le zèle inconsidéré brûlait de se signaler: « Mon cher abbé, il faut « oublier le passé, notre ministère est un minis- « tère tout de grâce. Apôtres de l'évangile, rame- « nons les fidèles par la modération, par l'exemple « des vertus, et proscrivons tous moyens de ri- « gueur. » Paroles mémorables qui devraient être gravées dans le cœur de tous les chrétiens.

Autant par caractère que par principe, l'évêque d'Évreux était éloigné de toute espèce d'exagération; il remplissait les devoirs de l'épiscopat avec simplicité, et sans faire présumer qu'il y trouvât rien de *pénible* [1]. Sa charité, comme sa piété, était exempte d'affectation; et il est permis à ceux qui ont eu le bonheur de le connaître, de douter

[1] Voir les Mémoires dont est question ci-après. (T. I.er, p. 187.)

qu'il ait jamais été rencontré chargé de médica-
mens, portant lui-même des bouillons aux pauvres malades (1).

Ce prélat était assez riche en vertus, en qualités
éminentes, pour que ses panégyristes fussent dis-
pensés de recourir à la fiction, pour honorer sa
mémoire.

Partout, en toute circonstance, l'évêque d'É-
vreux était ce qu'il devait être ; doué d'un esprit
vif, pénétrant, d'un extérieur gracieux, toute sa
personne offrait le modèle de la vraie dignité,
unie à la plus noble simplicité.

Sa parfaite indulgence ne l'abandonnait point
dans ses fonctions épiscopales. On aime à se rappeler l'une de ses visites diocésaines dans la ville
de..... où il fut reçu, complimenté par le corps
municipal, suivant l'usage. Le premier adjoint,
portant la parole, excusa le maire de ne s'être
pas présenté, parce que, dit-il, avec un peu
d'embarras, ce magistrat craignait d'offrir aux
yeux de monseigneur, un prêtre qui s'était sécu-
larisé. Le digne évêque s'empressa de répondre :
« M. le Maire est dans l'erreur, je n'aurais vu en
« lui que le fonctionnaire honoré de la confiance

(1) Voir les Mémoires dont est question ci-après.
(T. I.er, p. 187.)

« du gouvernement, qui, à ce titre, a droit à
« tous mes égards : il devait y compter. » Cette
condescendance rendit un fidèle à l'Église : le maire
fut réconcilié.

Parmi les fonctionnaires du département de
l'Eure, plusieurs se trouvaient sur la même ligne ;
tous étaient admis chez l'évêque avec bienveillance, avec cordialité, soit en visite de corps, soit
individuellement ; et il eût été impossible aux personnes présentes, d'apercevoir que le prélat eût
la plus légère idée d'une position particulière.

Dans une de ces solennités instituées par Napoléon (peu après le concordat), l'ecclésiastique
chargé du discours analogue à la circonstance,
monte en chaire, et, à la grande surprise de l'auditoire, s'élève en énergumène contre le gouvernement, et apostrophe les fonctionnaires publics réu-
nis dans la cathédrale. Indignés de cette incartade,
ceux-ci, à l'issue de la cérémonie, se présentèrent
chez l'évêque, pour le prévenir de la résolution
prise par eux, de s'adresser au Ministre des cultes,
afin de réprimer un pareil outrage. Ce fut à cette
occasion que se manifesta l'influence d'un prélat
qui avait su se concilier tous les esprits ; il ac-
cueillit ces plaintes, les trouva fondées. Mais en
blâmant sévèrement la conduite de l'imprudent
orateur, il marqua tant de regret, de chagrin, de

voir un membre de son clergé ainsi compromis,
surtout (disait - il), au moment où le culte venait d'être rétabli, que les plus irrités n'eurent
pas le courage d'insister, et que *tous* sacrifièrent
leur ressentiment à la crainte d'affliger un prélat
si justement vénéré.

C'est ainsi que, sans sacrifier ses principes, sans
négliger ses devoirs, marchant avec le siècle,
l'évêque d'Évreux ne froissa personne et ne fut
jamais froissé.

Il fut le premier évêque de France nommé au
corps législatif; il le fut sans brigues, sans cabales
et presque à l'unanimité; il porta à cette assem-
blée, avec l'amour du bien, autant de lumières
que de modestie, et il y fut généralement considéré.

Déjà ce prélat avait relevé le séminaire, et rétabli quelques communautés de femmes destinées
à instruire la jeunesse et à soulager l'humanité
souffrante; avec de faibles ressources, il trouva
le moyen de subvenir aux frais de ces établissemens, et ce, sans recourir à des quêtes qui n'ob-
tiennent pas toujours une honorable confiance;
en cela, il fut puissamment secondé par deux de
ses grands-vicaires, M. l'abbé de la Brumière, maintenant évêque de Mande, et M. l'abbé Pinchon,
doyen du chapitre à Évreux : l'un et l'autre remplis de talens, guidés par un zèle éclairé, acqui-

16 *

rent des droits incontestables à la reconnaissance de leurs concitoyens.

La maîtrise fut aussi réorganisée par les soins de l'abbé Pinchon, et rien ne manqua plus à la solennité du culte.

Le département, toujours plus attaché à son digne évêque, eut bientôt à se féliciter de le voir décoré, honoré du titre de comte, nommé au sénat-conservateur, et plus tard à la chambre des Pairs; ainsi élevé à la plus haute dignité, les grandes qualités dont il était abondamment pourvu se trouvant plus en évidence, n'en furent que plus dignement appréciées. (1)

Dans l'intervalle des sessions de la chambre des Pairs, lorsque l'évêque d'Évreux était rendu à ses fonctions épiscopales, la joie la plus vive éclatait dans sa résidence; c'était un bon père au milieu de ses enfans, qu'il chérissait et dont il était chéri. L'évêque d'Évreux ne vit jamais dans l'accroissement de sa fortune, dans les dignités dont il était revêtu, que les moyens de faire un plus grand nombre d'heureux.

La vie privée de cet homme si sage, si bienfai-

_____

(1) Voyez l'éloge funèbre du comte Bourlier, pair de France, prononcé à la chambre des Pairs, par le prince Talleyrand, dans la séance du 3 novembre 1821.

sant, aurait seule prouvé combien il était au-dessus de tout éloge. Là, sa belle âme, sanctuaire de
vertus, s'épanchait toute entière au sein de l'a-
mitié; jamais le moindre nuage n'obscurcit la sérénité de ce front vénérable; jamais ce regard si
vif, si pénétrant, n'exprima le courroux : il ne devenait imposant, que pour arrêter le mot près
d'échapper à l'inconséquence ou à la légèreté.

Vivante image de l'astre qui, sur son déclin,
influence encore les sphères qui l'environnent,
tout était en harmonie sous les yeux de ce prélat
nonogénaire, qui n'avait de la vieillesse que la
précieuse expérience. Son habitation (nous ne
dirons pas son palais épiscopal, rien n'y ressem-
blait moins), son habitation était l'asile de ce
calme heureux, précurseur de la suprême félicité,
et nul n'en approchait sans un profond sentiment
de respect et un vif désir de devenir meilleur.

Que de choses restent à dire sur ce prélat;
dont toutes les pensées, les actions n'avaient pour
but que le bonheur de l'humanité et le triomphe
d'une religion qu'il sut faire aimer et respecter ;
aussi fut-il adoré, vivement regretté et ne sera-t-il
jamais oublié.

Il faut cependant convenir (quoique à regret)
que la perfection n'est point l'apanage de l'humanité. Qui croirait que l'évêque d'Évreux avait *un*

défaut capital, que ses grandes qualités ne pou-
vaient effacer aux yeux de quelques personnes,
faisant partie de la haute société *de l'endroit*,
qui se disaient avec une sorte d'amertume :
« Notre évêque est charmant, on n'est pas plus
« aimable, il a un ton parfait; quel dommage
« que ce ne soit pas un homme comme il faut! »
L'abbé Bourlier n'était point noble.

La ville d'Évreux, après le décès du prélat,
proposa une souscription (qui fut aussitôt remplie), pour consacrer à sa mémoire un tableau [1]
qui le représentât dans l'exercice de ses fonctions.
L'artiste chargé de l'exécution a choisi l'époque
de la Fête-Dieu, et placé la scène au palais épiscopal, au moment où la procession est arrêtée devant
un reposoir; l'évêque, épuisé par une longue ma-
ladie, se fait apporter près d'une fenêtre basse,
d'où il donne sa dernière bénédiction aux fidèles,
qui la reçoivent avec l'expression de la plus vive
douleur. Cette cérémonie, à la fois imposante et
touchante, si bien en harmonie avec ceux qui
en étaient témoins, fut le dernier hommage que
reçut un prélat dont les vertus ont honoré l'é-
piscopat.

(1) Ce tableau, admis à l'exposition, en 1822, est placé
dans la cathédrale d'Évreux.

Par son testament, dont l'exécution fut confiée au digne abbé Pinchon, l'évêque d'Évreux n'a laissé que très-peu de chose à sa famille, moins encore à ses amis; les pauvres, son séminaire qu'il affectionnait spécialement, et quelques autres établissemens ont été ses uniques héritiers, lesquels, n'en doutons point, béniront à jamais sa mémoire.

Si l'auteur des *Mémoires sur l'Impératrice Joséphine, ses contemporains, la cour de Navarre et de la Malmaison*, a imaginé ajouter au mérite de l'évêque d'Évreux, en l'assimilant aux sœurs de charité, ce n'est au moins qu'une erreur légère et sans conséquence, comparée à toutes celles qui fourmillent dans cette étrange production. On se demande comment et pourquoi l'auteur se permet de mettre en scène des personnes distinguées, dont la conduite, les talens parfaitement connus et appréciés, donnent un démenti formel à cette espèce de diffamation, aussi ridicule qu'elle est répréhensible. Sans doute de mauvaises plaisanteries, écrites avec plus de malignité que de goût et de discernement, ne valent-elles guère la peine d'être relevées; mais on doit à l'honneur, à la vérité, de repousser des assertions hasardées, des suggestions perfides, qui tendent à dénaturer les faits et les caractères ; et c'est ce que nous nous proposons, en opposant aux sarcasmes de l'auteur, une notice exacte sur deux fonctionnaires publics du département de l'Eure, si indignement et si bénévolement attaqués.

Issu d'une famille distinguée dans la robe, conseiller au parlement de Paris, lors de la révolution, M. le comte de Chambaudoin, pour qui le titre de préfet n'était point une illustration, n'en fut nullement enorgueilli ; exempt de cette morgue trop souvent confondue avec la dignité, il avait conservé dans ses goûts, ses habitudes, cette noble simplicité qui fut toujours le partage de la magistrature. Il n'avait point sa fortune à faire, ni à réparer ; aussi se montra-t-il, dans l'exercice de ses fonctions, non-seulement désintéressé, mais souvent généreux. Des embellissemens faits aux promenades du chef-lieu, des rues percées, à ses frais, pour faciliter l'accès du marché, justifient cette assertion (1) ; plus d'une

(1) Par arrêté de la municipalité d'Evreux, pris en l'absence du Préfet, son nom a été donné au boulevard et aux rues qu'il a fait percer, avec mention de sa munificence envers cette ville.

famille lui dut le bien - être et la tranquillité
dont elle jouissait, et presque toujours sans connaître la source du bienfait. Jamais son adminis-
tration ne fut entachée de ces petites lésineries
qui valent aux chefs moins d'honneur que de profit. Ami de la justice et de l'humanité, également
accessible pour tous, M. de Chambaudoin savait
allier la sévérité que le gouvernement exigeait par
fois, avec la bonté qui en tempérait la rigueur,
et cependant avec la fermeté de caractère, partage
d'une conscience pure et incorruptible; enfin ce
préfet avait la réputation méritée d'être bon administrateur : et c'est cet homme si recommandable,
que l'auteur semble prendre à tâche de dénigrer
avec autant de légèreté que d'inconvenance. In-
vesti de la confiance de Napoléon, chargé par lui
d'une sorte de surveillance, ce magistrat devait se
trouver, et se trouvait en effet en butte aux tra-
casseries, aux traits malins d'une cour futile, inoc-
cupée, dont le passé décolorait le présent et l'a-
venir; d'une cour dont le plus doux passe-temps
était de ridiculiser sans pitié, non-seulement ceux
qui avaient la bonhomie de s'y présenter bénévolement, mais encore ceux que le devoir y appelait.

M. de Chambaudoin ne put ignorer alors les
petites intrigues dirigées contre lui; il connut
même les démarches faites auprès de l'Impératrice,

pour l'engager à demander un préfet plus *dévoué*, et qui, surtout, ne fût pas attaché *à la famille* (1).

L'AUTEUR de ces mémoires n'avait pas épuisé toute sa malveillance sur M. le comte de Chambaudoin, il en avait réservé la meilleure partie pour composer un mauvais roman sur un homme de bien qu'il signale comme un courtisan adroit, ambitieux, « réconcilié avec les grandeurs, sollicitant un re-« gard, un sourire de la souveraine, et qui, sans « doute pour lui plaire, affectait un entier dévoue-« ment au pouvoir absolu de l'Empereur (2) ».

A ces traits, qui reconnaîtrait l'honnête, le loyal M. Dupont de l'Eure, l'antagoniste le plus fortement prononcé de toute espèce de despotisme, et dont le caractère noble et courageux ne s'est jamais démenti. M. Dupont, qui a traversé toutes les phases de la révolution, sans peur et sans re-

(1) Madame la comtesse de Chambaudoin, après avoir été dame du palais de la princesse de Piombino, l'était, à cette époque, de la princesse Borghèse, et lui est restée attachée jusqu'au moment où cette princesse a quitté la France.

(2) M. Dupont serait devenu bien maladroit de faire l'éloge du pouvoir absolu en présence d'une princesse qui en était la malheureuse victime.

proche; et qui, appelé à remplir successivement les fonctions d'administrateur, de magistrat et de législateur, a déployé dans toutes, avec l'amour du bien, les lumières, les talens et l'intégrité qui le distinguent, et lui ont mérité la juste considération dont il jouit, à laquelle de misérables pamphlets ne peuvent porter atteinte.

Il n'a jamais été procureur impérial, ainsi que le prétend l'auteur des mémoires; cette fonction, alors dignement remplie, à Évreux, par M. Deshayes, dont le savoir et l'éloquence étaient le moindre mérite. M. Dupont fut accusateur public sous le Directoire, et, sous Napoléon, président de la cour de justice criminelle du département de l'Eure; il l'était encore lorsque l'Impératrice vint habiter Navarre en 1810. Tous les fonctionnaires publics du département s'empressèrent de porter à cette Princesse le respectueux hommage d'un dévouement qu'elle devait moins à son rang, qu'au charme irrésistible de son angélique bonté. Le président Dupont en fut accueilli avec bienveillance, et cette Princesse lui fit dire qu'elle le verrait avec plaisir à Navarre, où il fut quelquefois invité à dîner. Ce magistrat, que le tact des convenances n'abandonne jamais, n'usa de cette faveur qu'avec la discrétion convenable; et lorsqu'en 1812 il fut nommé président à la cour impériale

17

de Rouen, puis; membre du corps législatif, il fut admis également à la Malmaison, où il y fut reçu avec bonté jusqu'à la mort de l'Impératrice, dont il conserve avec reconnaissance le précieux souvenir.

Il n'est point étonnant qu'avec de l'esprit naturel, sans aucune prétention, la connaissance du monde, s'exprimant avec cette aisance modeste à qui rien n'en impose ; il n'est point étonnant, disons-nous, que le président Dupont ait eu le bonheur de se rendre agréable à l'Impératrice. L'auteur, qui se persuadait que le prétendu courtisan faisait de grands frais d'esprit pour plaire à la cour de Navarre, aurait été bien désappointé de le voir aussi aimable, aussi spirituel au milieu d'un cercle (sans doute infiniment moins élevé), mais où il était également apprécié.

Si l'on en croit cet auteur offensif, l'Impératrice, qui semblait honorer le président Dupont d'une bienveillance particulière, aurait manifesté un malin plaisir à observer « la contrainte présumée de « ce magistrat dont elle supposait les principes « politiques en contradiction avec sa position à « la cour de Navarre. »

Ce fait, qui tend à dénaturer le caractère noble et généreux de cette Princesse, n'est ni vrai, ni vraisemblable.

Abuser ainsi de son nom, le compromettre, le profaner, pour accréditer de mauvais sarcasmes, de plates calomnies, n'est point une erreur ; c'est un tort grave, un tort inexcusable, qui rappelle ces deux vers de l'Amphytrion de Molière :

Comme avec irrévérence
Parle des dieux ce maraud.

Nous ne pouvons passer sous silence une petite anecdote, quoique bien niaise, bien insigniflante, et qui eût paru fort innocente, si elle eût été vraie, mais qui donne la mesure du génie inventif de l'auteur ; laissons-la lui raconter :

« Il (M. Dupont) me frappait plus que les au-
« tres, parce qu'il portait un petit manteau de
« taffetas noir, ce qui ne me paraissait pas aller
« bien avec une grande croix en diamans qu'il te-
« nait des bontés de sa majesté. (1) »

Qui aurait douté d'un fait si simplement, si naïvement rendu ; et cependant il est entièrement imaginé. Jamais l'Impératrice n'a rien donné au

(1) Sa Majesté avait en effet donné une croix en diamans, non au président Dupont, mais à M. le comte
de Chambaudoin, alors Préfet de l'Eure, pour lui témoi-
gner sa satisfaction du zèle avec lequel, obéissant aux
ordres de l'Empereur, ce magistrat avait rendu et fait
rendre à cette Princesse tous les honneurs dus à une
Impératrice sacrée et couronnée.

président Dupont, soit croix à diamans, soit toute autre chose. Jamais ce magistrat n'a possédé de croix semblable, et n'en a porté, ni à Navarre, ni ailleurs. Maintenant il est aisé d'assigner le degré de confiance que méritent les assertions d'un pareil auteur, qui en outre ne pouvait ignorer que le rabbat et le petit manteau étaient le costume de rigueur dans la circonstance.

Pour réfuter les malignes assertions contenues dans un ouvrage où la vérité est si peu respectée, nous n'avons point eu recours à des mémoires infidèles, moins encore à des bruits mensongers. Ayant habité long-temps Évreux, nous avons connu les personnes dont il est fait ici mention, et nous avons été témoin de la haute considération dont elles jouissent dans le département de l'Eure, où elles n'ont laissé que d'honorables souvenirs.

MADAME de CAZANNI, que chacun se plaisait à nommer belle et bonne, n'a point été à l'abri des atteintes d'un auteur qui ne pardonnait pas à cette dame les avantages dont la nature l'avait favorisée. Il serait facile de détruire par des faits bien constans les injurieuses allégations dont elle est l'objet; mais cette femme charmante n'existe plus: le trait

lancé contre elle n'en est que plus choquant. Paix
à sa cendre.

Quels eussent été les regrets de l'Impératrice,
d'avoir admis à sa cour mademoiselle G. D. C......,
si elle avait pu prévoir, qu'abusant d'une si grande
condescendance, cette jeune personne ne s'y occu-
perait qu'à recueillir, rassembler sans choix, sans
jugement, une multitude d'anecdotes, de faits
vrais ou faux, souvent même invraisemblables,
lesquels, arrangés à sa manière, sont devenus les
matériaux de soi-disant Mémoires où sont indignement dénigrées une foule de personnes distinguées, surtout celles qui avaient le malheur de lui
déplaire, et peut-être aussi ceux à qui elle ne
plaisait pas. Nous disons ici, *vrais ou faux*, parce
qu'après avoir raconté une histoire, ou plutôt un
conte inventé à plaisir, pour compromettre un
homme de mérite qui occupe maintenant une place
importante dans le Gouvernement, l'auteur ajoute:
« J'ignore si le fait est vrai ou faux, mais on l'a
« mandé de Genève. » Comment qualifier cette
manière de propager une imposture : serait-ce
erreur, légèreté, inconséquence ? *Non*. L'auteur
n'ignorait pas que les calomnies les plus absurdes
sont toujours accueillies par la méchanceté et
propagées par la sottise ; quoi qu'il en soit, ce
fait peut être assimilé à l'impudence qui se per-

17*

met de scruter, d'interpréter les pensées, les
sentimens d'une Souveraine; qui ose lui prêter de
ces mots disgrâcieux, si peu analogues à son caractère, à sa dignité, et qui, censés partis d'une
telle source, blessent si vivement ceux qui en
sont frappés ; de ces mots enfin, qui, fussent-ils
vrais, ne devaient jamais être répétés.

Qu'aurait dit l'Impératrice, qui réprima tant de
fois les saillies inconsidérées de ceux qui l'entou-
raient, si elle s'était aperçue que, dans son sa-
lon, même en sa présence, un prince souverain (1),
était le plastron des moqueries impertinentes
d'une petite personne, enthousiaste passionnée de
l'art musical (2), qui ne pouvait pardonner à ce
prince de s'amuser à faire sa partie dans des concerts où elle aurait voulu briller seule. Non con-
tente d'avoir, à cette époque, signalé sa malice,
au mépris de toutes les convenances; après un
laps de temps assez considérable, nous la voyons,
oubliant tous égards, toute bienséance, remettre
en scène ce même prince qu'elle cherche à cou-
vrir de ridicule, dans ces fameux Mémoires, qui,

(1) Ferdinand - Joseph - Jean, archiduc d'Autriche,
grand-duc de Wurtzbourg.

(2) Au point d'avoir lié son sort à celui d'un grand
harpiste, fameux sous plus d'un rapport.

sans doute, ne lui rapporteront guère plus d'honneur que de profit. Nous ne nous appesantirons pas davantage sur des torts dont le ridicule a fait justice ; mais nous observerons seulement que les Mémoires sur l'Impératrice seraient beaucoup mieux intitulés : Mémoires sur l'auteur, puisqu'en effet sa personne, à qui elle n'épargne pas les éloges, ainsi qu'à sa famille, en occupent la majeure partie : ce qui, quoique fort intéressant pour elle, amuse assez peu les lecteurs.

Pour repousser d'insignes calomnies, et rendre hommage à la vérité, nous nous sommes vu forcé, à regret, d'entretenir le public de choses qui déjà sont loin de nous ; et ce n'est pas un des moindres torts de l'auteur de ces Mémoires, que de rappeler sans cesse ce que tant de personnes voudraient oublier et faire oublier.

Au surplus, il serait à désirer que tous les fabricans de Mémoires, qui inondent aujourd'hui la littérature, se pénétrassent de cette maxime de l'un de nos meilleurs poètes :

Rien n'est beau que le vrai, le vrai seul est aimable.

FIN.

ERRATA.

Page 24, lig. 12 : Au pied de l'Éternel ; *lisez :* Aux pieds de l'Éternel.

Page 60, entre les lignes 9 et 10, vers oublié :
Portés sur l'aile du Zéphir.

Page 118, lig. 8 : les ailes, *lisez :* des ailes.

Page 158, lig. 13 : Adroite ; *lisez :* à droit de.

Page 178, lig. 11 : emprunter ; *lisez :* empruntant.

Le mot de l'Énigme est : BAVARDAGE.
Celui de la Charade est : CRITIQUE.

TABLE.